太宰治

劉子倩 譯

女生徒

太宰治最爛漫的青春獨語

目次

輯三　嚮往

輯一　獨語

我懵懂望著花，心想，人其實也有優點啊。
發現花朵之美的，就是人，愛花惜花的也是人。

女生徒

早晨醒來時的心情很有意思。就像玩躲貓貓時，躲在漆黑的壁櫥中，蹲著動也不動，突然間，被小凸猛然拉開壁櫥門，陽光嘩地湧入，小凸大聲說：「找到妳了！」只覺得光線刺眼，接著，是古怪的尷尬，然後，心跳急促，合攏衣服前襟，有點難為情地從壁櫥出來，忽然感到有點氣憤，不，不對，也不是那種感覺，好像更惆悵。就像打開盒子，發現裡面還有小盒子，打開小盒子，裡面又有更小的盒子，打開之後，還有更小更小的盒子，打開那個小小盒子，還有盒子，就這樣接連打開了七、八個，最後眼前出現一個只有骰子大的小盒子，悄悄打開一看，什麼也沒有，空空如也。大概就類似那種感覺吧。說什麼神清氣爽地醒來，那是騙人的。就像一缸混濁的汙水，最後，澱粉漸漸沉澱在底部，上方逐漸出現清水，終於疲倦地醒來。早晨好像總是令人煩躁。悲哀的記憶大量浮現心頭，令人傷感。討厭，真討厭。早晨的我最醜陋。兩條腿痠軟無力，已經什麼都不想做了。是因為沒有熟睡嗎？說什麼早晨最健康，那是騙人的。早晨是灰色的，每次都一樣。最虛無。早晨躺在被窩中，我總是格外厭世。很灰心。唯有種種醜陋的後悔一下子全都堆積在心頭，令人喘不過氣。

早晨，是惡意的。

「爸爸。」我試著小聲呼喚。異樣害羞又開心，起床後，匆匆摺疊被子。抱起被子時，不禁吆喝了一聲「嘿咻」，隨即一驚。過去，我壓根沒想到自己會是發出嘿咻這種鄙俗字眼的女人。嘿咻這種字眼，像是老太婆才會喊的，很討厭。為什麼我會發出這種聲音？我的體內好像藏著一個老太婆，感覺很噁心。今後一定要注意。就像是對別人鄙俗的走路姿態蹙眉時，忽然發現自己也是那種走法，會非常沮喪。

早晨的我總是缺乏自信。穿著睡衣坐在梳妝台前。沒戴眼鏡，攬鏡自照，臉孔有點模糊，顯得特別溫柔。對於自己這張臉，我素來最討厭的就是眼鏡，但眼鏡也有旁人不知道的好處。我喜歡摘下眼鏡看遠處。視野整體朦朧，如夢似幻，像透過窺孔看畫面，特別美妙。看不見任何汙穢。只看得見較大的物體，只有鮮明強烈的色彩與光線映入眼簾。我也喜歡摘下眼鏡看人。對方的臉孔全都顯得溫柔、漂亮、充滿笑容。而且，沒戴眼鏡時絕對不會想和人吵架，也不想講別人壞話。只是沉默地發呆。這種時候的我，在別人眼中想必也看似老好人吧，這麼一想，我就更加安心發呆，更想依賴別人，心情也變得非常溫柔。

然而，眼鏡終究惹人厭。戴上眼鏡後彷彿就失去臉孔的感覺。從臉孔產生的各種情緒，包括浪漫、美好、激情、軟弱、純真、哀愁，那些東西，通通被眼鏡遮住了。而且，也可笑地無法以眼睛說話。

眼鏡，是妖怪。

或許是因為我總是討厭自己的眼鏡吧，我覺得有雙善睞明眸才是最好的。哪怕沒鼻子，哪怕遮住嘴巴，只要眼睛是那種看起來就讓人覺得自己必須活得更美好的眼睛，我認為就很好。我的眼睛大而無神，毫無助益。如果仔細審視自己的眼睛，會很失望。連我媽都說我的眼睛無趣。這種眼睛大概就叫做黯然無光的眼睛吧。這麼一想，不免失望。都是這個害的。太醜了。每次照鏡子，我都深深渴望能有一雙水汪汪的漂亮眼睛。最好是那種彷彿蔚藍湖水的眼睛，是彷彿躺在青青草原仰望天空的眼睛，不時還有流雲飄過，連飛鳥的影子皆可清楚倒映。我希望多見到一些美目盼兮的人物。

從今早就是五月了，這麼一想，忽然有點興奮。還是會欣喜。夏天快到了。來到庭院，草莓花映入眼簾。爸爸的死，變得不可思議。死去，永遠消失，這是難以理解的事。令人納悶。我懷念姊姊和離去的人，以及許久未見的人們。早晨就像是身邊有醃蘿蔔的臭味，讓人不是滋味地想起往事以及逝者們，真是受不了。

恰比和可兒（這隻狗是可憐兒，所以稱為可兒）嬉鬧著朝我跑來。讓二隻狗並排在我面前坐下後，我只疼愛恰比。恰比雪白的皮毛發亮很美麗。而可兒髒兮兮。當我愛撫恰比時，我知道可兒總是在旁邊一臉委屈。也知道可兒身有殘疾。可兒很可悲，所以我討厭牠。牠太可憐，因此我故意欺負牠。可兒看似流浪狗，說不定哪天會遭到屠狗人的毒手。可兒的腳不方便，逃跑時肯定動作很慢。可兒，你快去山中吧。沒有人會疼愛你，所以你快去死吧。不只是欺負可兒，我也會欺負人。我會故意刁難別人，刺激別人，真是討人厭的孩子。坐在簷廊上，我一邊撫摸恰比的腦袋，一邊望著綠意盎然的青葉，忽感窩囊，很想坐在土上。

我好想哭。如果用力屏息，讓兩眼充血，我想或許會掉幾滴眼淚，於是試了一下，但是沒用。也許我已變成一個沒血沒淚的女人。

我放棄那個嘗試，開始清掃房間。一邊打掃，忽然唱起〈唐人阿吉〉。不禁四下張望了一下。平日應該是熱衷於莫札特和巴哈的自己，竟在無意識中唱起〈唐人阿吉〉，真有意思。抱起棉被時，我會喊嘿咻，打掃時會唱〈唐人阿吉〉，看來自己已經沒救了。照這樣看來，睡覺說夢話時不知會講出多麼低俗的話，讓我很不安。可是，又覺得可笑，遂停下掃帚，獨自笑了。

穿上昨天剛做好的新內衣。胸口繡了小朵白色玫瑰。穿上上衣後，就看不見刺繡圖案了。誰也不知道。我很得意。

我媽一大清早就為了某人的婚事匆匆出門了。打從我小時候，我媽就熱心為人服務，我早已習慣了，但我媽始終四處活動，真的到了令人驚嘆的地步。我很佩服她。我爸整天都在念書，所以我媽連我爸的份也一起包辦。我爸是個和社交無緣的人，我媽身旁卻聚集了一群真的很爽快的人。二人的個性不同，但他們似乎互相尊敬。或許堪稱是一對完美、美好又和諧的夫婦吧。啊，我講這種話太老氣橫秋了。

味噌湯熱好之前，我坐在廚房口，茫然眺望前方的雜樹林。結果，我忽然覺得，無論過去或今後未來，我似乎都是這樣坐在廚房門口，保持這個姿勢，一邊思考同樣的事情一邊望著前方的雜樹林，過去，現在，未來，好像皆能在一瞬間感受到，心情很古怪。這種情形不時發生。和某人坐在房間講話，視線游移到桌角，就此停住。唯有嘴巴在動。這種時候，會產生詭異的錯覺。忍不住相信，以前曾在同樣的狀態下，講著同樣的話，同樣凝視著桌角。而且今後，現在發生的事仍會如出一轍地再次降臨。無論走在多麼遙遠的鄉間小路，肯定會想，這條路以前曾經走過。即使邊走邊摘路旁的豆葉，也會想起，在這條路的這個地點，曾經摘過這種葉子。且我相信，今後，想必還會一次又一次走過這條路，在這個地點摘豆葉。另外，也有過這樣的情形：某次我在泡澡，不經意看著手。我忍不住想，將來過了好幾年之後，當我泡澡時，一定會想起現在這樣不經意看著手，並且邊看邊有所感的情形。這麼一想，忽然感到心情黯淡。還有某個傍晚，把飯裝到桶子時，說是靈光一閃或許太誇張，總之我感到體內有什麼東西咻地竄過，該怎麼說呢，很想說那是哲學的尾巴，但被那玩意一搞，我的腦袋和心，都變得完全透明，好像對活著這件事忽然安穩下來了，默默地，悄無聲息，秉持輕輕壓出粉條時的那種柔軟性，彷彿就此置身於一波波的浪潮之間，得以美好輕盈地度過。這種時刻，並非哲學的叫囂。像偷魚的野貓那樣悄悄活下去的預感，絕對不是好事，毋寧令人害怕。那種心情的狀態如果長久下去，人或許會變得像神靈附身吧。像耶穌。不過，女的耶穌太詭異了。

到頭來，或許是因為我閒著無聊，不必為生活操勞奔波，因此無法處理每天成千上百所見所聞的感受，在我呆然若失之際，它們就露出妖怪般的嘴臉兀自浮現？

我獨自在餐廳吃飯。今年第一次吃小黃瓜。小黃瓜的青澀，帶來夏天。五月小黃瓜的青澀滋味，蘊藏著令人心頭有點空、有點疼、有點癢的悲哀。獨自在餐廳吃飯，忽然很想去旅行。我想搭火車。我看報紙，報上有近衛先生[1]的照片。近衛先生算是帥哥嗎？我不喜歡這種長相。額頭不好看。看報紙時，我最愛看書籍的宣傳文案。一字一行想必就要收取一兩百圓的廣告費，所以大家都很拼命。努力讓每一字每一句收到最大效果，苦思良久絞盡腦汁才想出這些佳句妙文。這麼花錢的文章，這世上想必不多。感覺頗為大快人心。很痛快。

吃完飯，關好門窗去上學。沒問題，我想應該不會下雨，即使如此，我很想拿著昨天從我媽那裡討來的好雨傘，於是還是帶傘出門了。這把雨傘，是我媽出嫁之前使用的。發現有趣的雨傘，讓我有點得意。我想拿著這種傘走過巴黎老街。想必，等這場戰爭結束時，這種頗有夢幻情調的古典雨傘應該會流行吧。這把傘必定和大帽簷的帽子很配。穿著下擺拖地、領口敞開的粉紅色洋裝，戴著黑色絲質蕾絲長手套，在寬簷大帽子插上美麗的紫色紫羅蘭。然後在綠蔭深深的時節去巴黎的餐廳吃午餐。憂鬱地輕輕托腮，凝望窗外走過的行人，某人輕拍我的肩膀。音樂驟然響起，是玫瑰華爾滋。啊啊，真可笑，真可笑。實際上，這只是一把握柄細長、造型奇特的舊雨傘。自己太悲慘太可憐了。就像賣火柴的小女孩。走吧，拿傘來剷除沿路雜草也好。

出門時，把我家門前的雜草稍作清理，算是孝順我媽的勞動服務。今天或許會發生什麼好事。同樣都是草，為何會有這麼想剷除的草，和想要悄悄保留的草呢？可愛的草，不可愛的草，在外型上毫無分別，可是，為什麼就是涇渭分明地分成了楚楚可憐的草和可恨的草？其中毫無道理可言。女人的喜好，大概都是這麼不可理喻。做完十分鐘的勞動服務，我急忙趕往火車站。行經田埂，頻頻萌生作畫的衝

1 應是指近衛文麿（一八九一—一九四五），政治家、公爵。

動。途中經過神社的林間小路。這是只有我才知道的捷徑。走在林間小路，驀然向下看，約有六公分高的麥苗四處叢生。望著那青翠的麥苗，我當下明白，啊，今年也有士兵來過。去年也有許多士兵和軍馬行經此地，在這神社的樹林休息。過了一段時間又經過該處，只見麥苗像今天一樣隨處生長。然而，那種麥苗不會再繼續長大了。今年，這些同樣從士兵餵馬的桶子掉落而自動發芽的麥苗，由於森林如此晦暗完全照不進陽光，很可悲地，恐怕也只能長到這麼大就會死去吧。

穿過神社的林間小路，快到車站時，湊巧和四、五名工人同路。那些工人，照例對我講些我說不出口的難聽字眼。我不知該如何是好。很想加快腳步超越那些工人，大步走遠，但若要那樣做，必須先鑽過工人之間，才能超越他們。太可怕了。可是話說回來，若是默默駐足，讓那群工人先走，等他們和我拉開一定的距離，那更需要膽量。因為那是很失禮的舉動，工人們或許會生氣。我的身體發熱，幾乎哭出來。我對自己差點嚇哭感到很丟臉，於是朝那些工人一笑。然後慢慢跟在那些工人後面走。這種時候，這是唯一的辦法，但那種懊惱不甘，即使上了電車後仍未消失。我希望自己趕快變得堅強冷靜，足以坦然面對這種無聊瑣事。

電車門口附近就有空位，我悄悄把我的東西放在那個位子，稍微理平裙子的皺褶，正想坐下時，一個戴眼鏡的男人大剌剌地將我的東西推開逕自坐下。

「不好意思，那是我先找到的位子。」我說，但男人報以苦笑，坦然攤開報紙開始看報。仔細想想，不知哪一方的臉皮更厚。或許是我厚臉皮。

無奈之下，只好把雨傘和東西放到頭頂的置物架，抓著吊環，一如往常地看雜誌，單手翻閱之際，忽然萌生一個念頭。

如果從我身上剝奪了看書這個行為，沒這種經驗的我，八成會哭吧。由此可見我有多麼依賴書上的知識。看了一本書，就會一股腦迷戀那本書，對它信賴，同化，產生共鳴，將生活與之緊密結合。之後，如果看了另一本書，又會立刻改變心意，丟下原來那本書。這種剽竊他人心血改造成自己所有的才能，這種狡猾，就是我唯一的特長。這種狡猾，奸詐，真的很討厭。如果失敗每天一再重演，讓自己很丟臉，或許個性會變得比較穩重。然而，就連那種失敗，我恐怕都會強詞奪理找藉口，狡猾地敷衍過去，編造出有模有樣的理論，甚至演出苦肉計。（這些話好像也是在哪本書上看到的。）

其實，我並不知道哪個才是真正的自己。當我沒有書可看，也找不到可以模仿的範本時，我到底會怎麼做？說不定整個人慌亂失措，萎靡不振，只能以淚洗面。畢竟，我不能每天都這樣在電車上胡思亂想。身體留有討厭的熱度，很煎熬。雖然覺得自己必須做些什麼，一定要想想辦法，問題是到底該怎樣才能明確掌握自我？過去的自我批判似乎毫無意義。批判之後，察覺自己的討厭、軟弱之處，通常只會立刻天真地沉溺其中，自我安慰，做出矯枉過正的結論，所以那根本不是真正的批判。什麼都不想，反而還比較有良心。

這本雜誌上，也以「年輕女孩的缺點」為題，刊出各種人的意見。看著看著，我覺得彷彿在指責自己，有點羞慚。每個人寫的果然各有千秋，有些平時覺得很蠢的人，果然說出感覺很蠢的發言；也有些人的照片看起來似乎相當時尚，遣詞用字果真也很洗鍊時尚，讓我感覺很好笑，忍不住不時吃吃笑著看下去。宗教家立刻會搬出信仰，教育家自始至終都在強調恩情、恩情、恩情。政治家會引用漢詩。作家更矯情，使用文謅謅的字眼。賣弄。

然而，大家寫的意見的確都相當中肯。年輕女孩沒有個性。缺乏內涵。遠遠背離了正確的希望與正確的野心。換言之，沒有理想。即使會自我批判，也欠缺直接在自己生活中改進的積極性。沒有反省。沒有真正的自覺，自愛，自重。就算做出有勇氣的行動，對那一切結果，也不知能否負起責任。雖然懂得順應自己周遭的生活樣式，善於應對，可是對自己及周遭的生活卻沒有正確又強烈的愛情。沒有真正意義的謙遜。缺乏獨創性。只會模仿。缺少人類本來的「愛」的感覺。故作高雅，卻毫無氣質……除此之外，雜誌上還寫了很多。看了之後，真的讓我一再震驚。我無法否定這些批評。

然而這上面寫的所有言詞，好像都太樂觀了，脫離了這些人平日的想法，感覺上只是為了寫文章。出現大量「真正意義的」或「本來的」這類形容詞，但「真正的」愛，「真正的」自覺，到底是什麼，並沒有清楚寫明白。這些人，或許知道。既然如此，如果能夠說得更具體一點，只要說一句該向右或向左，只要秉持權威給出一句指示，不知會有多麼令人感激。我們已經迷失了表達愛情的方針，所以如果他們不要只是說那個不好這個不對，而是強悍地命令我們這樣做或那樣做，我們一定會通通照辦。或許人人都缺乏自信吧。就連在雜誌上發表意見的人們，或許也不見得隨時隨地永遠都抱持這種意見。他們指責我們沒有正確的希望和正確的野心，那麼當我們追逐正確的理想採取行動時，這些人會常相左右地一直守護我們、引導我們嗎？

我們雖然懵懂，卻已隱約知道，何處才是自己該去的最佳場所、想去的美好場所、應該發揮自我的場所。我們想擁有更好的生活，那才是正確的希望及野心。我們急於擁有足以依賴的堅定信念。然而，如果想把這些全部具現於女孩子應有的生活上，到底需要多大的努力？況且還得顧及父母親與兄姊們的想法。（嘴上雖然說什麼那是落伍的老古板，其實我們絕對沒有輕視人生的大前輩、老人、已婚者。不僅如此，想必總是把他們放在第二或第三位。）還有與自己的生活始終有關的親戚。有熟人，也有朋友。另外，還有總是以巨大的力量推動我們的「社會」。如果對這一切都加以思考、觀察、考慮，那已經不是發揮自我個性的問題了。我不得不認為，避免引人注目，只是默默依循一般多數人走的路前進，或許才是最聰明的選擇。如果把針對少數者的教育全盤實施，似乎太殘忍了。學校的教育，和社會的規則大不相同，這點隨著我們日漸長大已經明白。如果嚴格遵守學校教的規矩，會被視為笨蛋。會被當成怪胎。無法出人頭地，永遠窮得翻不了身。天底下有不說謊的人嗎？如果有，那麼此人將永遠是失敗者。在我的親人之中，也有一個人品行端正，擁有堅定的信念，勇於追求理想，堪稱是真正活著的人，但親戚全都把那個人貶得一文不值。很瞧不起他。像我這種人，既已知道那樣會被人瞧不起、慘遭敗北，因此我實在沒勇氣反抗母親和眾人，堅持伸張自己的想法。我害怕。小時候，當我的想法和別人完全不一樣時，我也曾問過我媽：「為什麼？」

當時，我媽只是用一句話隨便帶過，而且她很生氣。她說我那樣想是錯的，像個小太妹，當時她看起來很傷心。我也曾對我爸說過。我爸那時只是默默笑著，事後好像還對我媽說「這孩子不按牌理出牌」。但是隨著我漸漸長大，我變得越發畏首畏尾。即使只是做一件衣服，也會考慮大家的看法。至於具有自我個性的東西，雖然偷偷喜歡，也很想繼續喜歡，但是若叫我明確當成自己的特色表現出來，我不敢。我老是想扮演會讓人人誇獎的好女孩。眾人聚集時，自己不知變得有多麼卑屈。明明不想說出口，明明心裡不是那樣想，我卻言不由衷地滔滔不絕。因為我認為那樣對我更有利，更有好處。我知道這樣很噁心。我希望道德改變的時刻趕快來臨。這樣的話，想必不再有這種卑屈，也不必為了他人眼光每天過著謹小慎微的生活了。

咦，那邊有空位！我連忙從置物架取下用具和雨傘，迅速切入。右邊是中學生，左邊是揹小孩披著大罩袍的大嬸。大嬸年紀一把了還濃妝豔抹，梳著最流行的髮型。臉蛋雖漂亮，脖子卻有黑黑的皺紋，看起來討厭得讓人很想揍她。人站著時和坐著時，想法會截然不同。坐著的時候，好像想的都是些靠不住、有氣無力的事情。我對面的位子，有四、五個年齡相仿的上班族茫然呆坐。年紀大約三十歲吧。每個都很討厭。眼睛混濁，毫無霸氣。然而，我現在，如果對其中某個人嫣然一笑，僅僅只是這樣，我或許就會被拖下水，不得不與那個人結婚。女人要決定自己的命運，只要一個微笑就夠了。真可怕。簡直不可思議。千萬要小心。今早，我真的滿腦子怪念頭。打從兩三天前來我家整理院子的園丁臉孔不時浮現眼前，我也很無奈。雖然他是個徹頭徹尾的園丁，但長相就是不一樣。說得誇張點，他有張宛如哲學家的面孔。因為膚色黝黑，所以顯得更加緊繃嚴肅。眼睛生得很好。眉毛也壓得很低。鼻子是明顯的獅子鼻，和黝黑的膚色很相稱，看起來意志堅強。嘴唇的形狀也相當好看，耳朵有點髒。說到他的手，立刻被打回園丁的原形，但是戴著黑色呢帽藏在陰影中的臉孔，作為園丁未免太可惜。我再三詢問我媽他是否打從一開始就是做園丁，最後終於挨罵了。今天我用來包書的這條包袱巾，就是園丁第一次來我家的那天，我媽給我的。那天，我家在大掃除，所以修廚房的工人和做榻榻米的工人也來了，我媽也在整理衣箱，就是那時翻出這條包袱巾，於是就給我了。這是一條很有女人味的漂亮包袱巾。因為很漂亮，我捨不得綁起來。這樣坐著，放在膝上，一再偷瞧，忍不住撫摸。很想給電車上所有人欣賞，可惜沒人要看。這條可愛的包袱巾，只要有人肯稍微多看一眼，我甚至願意嫁給那個人。想到本能這個字眼，我忽然很想哭。本能之巨大，是我們意志無法動搖的力量，一旦從自己的種種行跡發現那種本能，便幾乎發狂。不禁恍惚失神，不知該如何是好。不是否定也不是肯定，只覺得彷彿有龐然大物當頭罩下。然後隨心所欲地把我拽著到處跑。被拽著的同時卻很滿足，同時也有另一種滿懷悲愴冷眼旁觀的感情。我們為何就不能自我滿足，一生只愛自己呢？看到本能侵蝕我過去的感情與理性，感覺很窩囊。即使能夠暫時忘記自己，事後也只會失望。得知無論哪個自己都有明確的本能，我很想哭。我想呼喚爸媽。然而，所謂的真實，或許意外存在於自我厭惡的想法中，所以更加窩囊。

御茶水到了。下了電車，一切都好像被拋諸腦後。雖然急忙努力試圖回想剛發生過的事，卻完全想不起來。我急著想思索下文，腦子卻一片空白。空空如也。這種時候，有時會讓自己很沮喪，也有時照理說應該會丟臉得要死，可一旦過去了，就好像什麼都沒發生過。「此刻」這一瞬間，很有趣。伸指指著此刻、此刻、此刻時，此刻已遠去，新的「此刻」來臨了。慢慢走上天橋階梯，我心想這是搞什麼。太可笑了。或許，我有點幸福過度。

今早的小杉老師很漂亮。像我的包袱巾一樣漂亮。老師很適合美麗的青色。胸口大紅色的康乃馨也很醒目。老師如果沒那麼「造作」，我可能會更喜歡她。她太矯揉造作了。看起來有點假。那樣久了應該會很累吧。她的個性，也有點費解。有很多讓人看不懂的地方。明明個性陰暗，偏要故作開朗。不過，不管怎麼說她都是有魅力的女人。我甚至覺得她當學校老師是大材小用。她在教室裡的人氣雖不如以往，但我個人還是像之前一樣為她傾倒。她給人的感覺，就像住在山中湖畔古堡的千金小姐。我可真是死命讚美她啊。但小杉老師說話為什麼總是這麼死板呢？該不會是腦子不管用吧？真可悲。打從剛才，她就滔滔不絕地針對愛國心大發議論，問題是，這種事誰都知道吧。不管什麼人，都一樣深愛自己生長的地方。真無聊。我在桌上支肘托腮，心不在焉地眺望窗外。許是因為風很強，天上的雲特別好看。院子角落，開了四朵玫瑰花。一朵黃的，二朵白的，一朵粉紅的。我懵懂望著花，心想，人其實也有優點啊。發現花朵之美的，就是人，愛花惜花的也是人。

午餐時，聊到鬼怪。安兵衛姐姐的一高七大怪談之一「禁忌之門」，聽得大家哇哇尖叫。不是那種血腥式的，是心理上的恐懼，很有意思。因為鬧得太凶，明明才剛吃過，已經又餓了。立刻找豆沙麵包夫人討牛奶糖吃。然後，大家又繼續熱烈討論恐怖故事。無論是誰，只要一提到這種鬼故事好像都會感興趣。這大概也是一種刺激吧。另外，雖然不是鬼故事，但「久原房之助[2]」的故事也笑死人了。

下午的圖畫課，大家都去校園寫生。伊藤老師為什麼每次都要無意義地為難我

2 久原房之助（一八六九—一九六五），日本的大企業家、政治家，號稱「礦山王」。

呢？今天也叫我當他作畫的模特兒。我今早帶來的舊雨傘，在班上大受歡迎，大家都大呼小叫頻頻讚嘆，最後鬧得連伊藤老師也知道了，叫我拿著那把雨傘，站在校園角落的玫瑰花旁。老師好像要畫下我這種姿態送去參加美展。我只答應當三十分鐘的模特兒。哪怕只是盡微薄之力，能夠幫助別人還是很開心。不過，和伊藤老師這樣面對面，實在很累。他講話迂迴曲折，動不動就搬出大道理，而且或許是因為過度意識到我，他一邊打草稿一邊講的，全都是我的事。我也懶得回話，太麻煩。這人很不乾脆，不僅笑得莫名其妙，身為老師還會害羞，最主要的是他這種不乾脆的態度，讓人很想吐。

「我想起死去的妹妹。」你聽聽，真是夠了！人倒是好人，就是比手畫腳動作太多了。

論及比手畫腳，我也不比他差，有很多肢體動作。而且我的動作狡猾又機靈。但這其實是裝模作樣，所以往往難以收場。就算說什麼「自己太會擺姿勢，反而被姿勢拖累成了撒謊的妖怪」，這也同樣是一種故作姿態，所以進退兩難。於是，我一邊乖乖當老師的模特兒，一邊深深祈禱「我想更自然，我想更率真」。書本什麼的就不用看了。徒有觀念的生活，無意義、傲慢地不懂裝懂，只會讓人輕蔑，再輕蔑。動不動就說什麼沒有生活目標，應該對生活與人生更積極一點，自己有矛盾什麼的，好像頻繁為之思考苦惱，但妳那種，只是感傷。只是在縱容自己，安慰自己。而且也太高估自己了。啊，居然找心靈如此汙穢的我當模特兒，老師的畫作鐵定會落選。絕對不可能美好。雖然明知不應該，但我就是覺得伊藤老師很白痴。老師甚至不知道我的內衣繡了玫瑰花。

默默保持同一個姿勢站久了，忽然很想要錢。只要有十圓就好，我想先看《居禮夫人》。然後，我忽然希望我媽長命百歲。做老師的模特兒異樣痛苦，累得像狗。

放學後，我和家在寺廟的金子偷偷去「好萊塢」弄頭髮。看到弄好的模樣，和我原本指定的並不一樣，很失望。不管左看右看都不可愛。我只覺得自己猥瑣，深受嚴重打擊。來這種地方偷偷請人弄頭髮，感覺像一隻骯髒的母雞，我現在深深後悔了。我們來這種地方，就等於是在輕蔑自己。金子倒是很興奮。

「就用這副打扮去相親吧！」她說出這種誇張的提議，後來，她似乎起了錯覺，以為真的已決定去相親了。

她頻頻詢問「這種髮型該插什麼顏色的花才好？」或者「穿和服的話，腰帶該挑什麼樣的？」當真盤算起打扮了。

真是什麼都不動腦筋的可人兒。

「請問妳要和哪位相親？」我也笑著問。

「俗話說買麻糬還是得找賣麻糬的才專業嘛。」她一本正經地回答。那是什麼意思？我有點吃驚地細聽之下，原來她是說寺廟的女兒嫁到寺廟是最好的，一輩子不愁吃穿，這又讓我吃了一驚。金子好像完全沒脾氣，因此顯得很有女人味。在學校只不過是跟我同桌，所以我對她其實並不算親近，可她卻對大家說，我是她最好的朋友。真是可愛的女孩。她每隔一天就會給我寫信，而且非常細心照顧我，我雖然感激，可今天，她實在興奮得太誇張了，連我都有點受不了。和她道別後，我搭乘公車。不知怎地忽然有點憂鬱。在公車上看到一個討厭的女人。女人穿著前襟汙穢的和服，蓬亂的紅頭髮用一把梳子捲起，手腳都髒兮兮的，而且板著暗紅的臉膛，甚至分不出是男是女。我看了，只覺得反胃。那個女人的肚子很大，不時還一個人嘻嘻笑。母雞。偷偷去什麼好萊塢做頭髮的我，和這個女人毫無分別。

我想起今天早上在電車上與我比鄰的濃妝大嬸。啊啊，骯髒，骯髒。女人真討厭。因為自己是女的，所以我很了解女人內在的不潔，討厭得咬牙切齒。玩過金魚後那種噁心的魚腥味，彷彿滲透全身，怎麼洗都洗不掉，就這樣日復一日，自己也會漸漸散發雌性的體臭嗎？這麼一想，好像的確有那種跡象，我恨不得就這樣停留在少女的狀態死去。驀然間，我很想生病。如果罹患重病，汗如雨下，變得枯瘦如柴，或許我也能夠變得清淨無垢。然而只要還活著，恐怕難以擺脫吧。我好像終於有點理解正統宗教的意味了。

下了公車，總算有點安心。我一向覺得交通工具不好。空氣溫吞，混濁不明。還是大地好。踩著土地步行，會愛上自己。我好像有點太浮躁了。不知民間疾苦。「呱呱呱青蛙你在看什麼，看到田裡洋蔥就回去，青蛙叫了就回去。」我小聲哼唱，這丫頭也太悠哉了吧。自己都氣得牙癢癢的，光長個子不長腦子真可恨。我想做一個好女孩。

這條回家的鄉間小路，每天實在看得太熟悉了，所以已分不清這是多麼靜謐的鄉下。因為只有樹木，道路，田地，如此而已。今天不如就模仿一下初次從外地來到鄉下的人吧。我呢，就假設是神田一帶木屐店的女兒，有生以來第一次來到郊外。那麼，這個鄉下看起來究竟會是怎樣呢？真是好點子。可悲的點子。我臉色一正，故意誇張地四處張望。走下小小的林蔭道時，回頭仰望滿樹新綠，小聲驚呼，走過土橋時，低頭看了一會小河，臉孔倒映水面，模仿小狗汪汪叫了兩聲，眺望遠處田地時，瞇起眼故作陶醉，低嘆一聲「真好啊」。到了神社，又稍作休息。神社的林間很暗，我慌忙站起，噢，可怕可怕，說著縮起肩膀，匆匆穿過樹林，對著林外的明媚陽光故作驚訝，特意抱著嶄新的目光看各種事物，凝神走在鄉間小路，忽然覺得寂寞難耐。最後一屁股坐在路旁的草地上。坐在草上，剛才還有的浮躁心情，咚的一聲消失了，倏然變得正經。於是，我開始安靜地慢慢思考最近的自己。為何最近的自己這麼壞？為何如此不安？總是在害怕什麼。上次還被某人批評。

「妳漸漸變得庸俗了。」

或許吧。我的確變壞了。變得無聊。不妥，不妥。軟弱，軟弱。差點沒頭沒腦地大吼一聲，啐！用那種叫聲就想掩飾自己的膽怯，免談！隨便吧。我或許戀愛了。我向後一倒，仰臥在青青草地上。

「爸爸。」我試著呼喚。爸爸，爸爸。晚霞滿天很美麗。而暮靄，是粉色的。夕陽在暮靄中融化，渲染，因此暮靄才會變成如此柔和的粉色調吧。那粉紅色暮靄緩緩飄過，鑽過樹林之間，走過路上，撫過草原，然後溫柔包覆我的身軀。就連我的每一根髮絲，都有粉紅色光芒幽幽閃現，如此溫柔地撫摸我。最重要的是，這天空，很美。對著天空，我這輩子第一次想低頭行禮。我現在，相信神了。看哪，這天空的顏色，是多麼瑰麗的色彩啊。玫瑰。火災。彩虹。天使之翼。大伽藍。不，不是那樣。是更加、更加神聖。

「我想愛一切。」這念頭甚至令我流淚。盯著天空看久了，只見天空漸漸變化。漸漸染上藍色。我只能嘆息，很想裸裎以對。還有，我也從未見過草葉樹木如此刻這般透明美麗。我輕輕觸摸小草。

我想美麗地活著。

回家一看，有客人。我媽也已回來了。照例又傳來熱鬧的笑聲。我媽與我單獨相處時，臉上就算笑容再大，也不會出聲。可她與客人交談時，臉上毫無笑意，唯有聲音笑得特別高亢。我打過招呼後，立刻繞到屋後，在井邊洗手，脫下襪子洗腳，這時魚販來了，「讓您久等了，謝謝惠顧！」說著將一條大魚放在井邊。我不知道這是什麼魚，不過魚鱗細小，感覺上應該是來自北海。把魚裝到盤子，我再次洗手，頓時有股北海道的夏日氣味。我想起前年暑假去北海道的姊姊家作客。姊姊位於苫小牧的家，或許是因為靠近海岸，始終有股魚腥味。姊姊在那房子寬敞的廚房，傍晚獨自用女人潔白的雙手靈巧料理魚肉的情景也歷歷浮現。我想起當時不知怎地很想向姊姊撒嬌，不禁暗自焦慮，但姊姊那時已經生下阿年，她已經不屬於我了，這麼一想，倏然感受到門縫鑽入的冷風，說什麼都無法擁抱姊姊纖細的肩膀，只能抱著寂寞得要命的心情，定定站在昏暗的廚房角落，凝望姊姊潔白溫柔舞動的指尖，幾乎為之失神。過往種種，全都令人懷念。骨肉至親，真是不可思議。若是不相干的外人，一旦遠離就會漸漸淡忘，可對於骨肉至親，卻只會加倍回想起令人懷念的美好。

井邊的茱萸果實已微微染上朱色。再過二星期或許就能吃了。去年的就很好吃。猶記某個傍晚我獨自摘下茱萸品嘗，恰比眼巴巴地看著我，我不忍心，就給了牠一顆。結果恰比吃掉了。我再給二顆，牠又吃了。因為太好玩，我索性搖晃這棵樹，果子紛紛落下後，恰比頭也不抬開始猛吃。真是傻子。我頭一次看到吃茱萸的狗。我也伸直身子摘茱萸吃。恰比也在底下吃。真好笑。想起當時，就忽然很想念恰比。

「恰比！」我喊道。

恰比從玄關那邊得意洋洋地跑來。我忽然覺得恰比可愛得讓人想磨牙，用力揪住牠的尾巴後，恰比溫柔地咬我的手。我泫然欲泣，拍打牠的小腦袋。恰比坦然自若，發出聲音喝井水。

走進房間，電燈朦朧亮起。一片死寂。爸爸已不在了。果然，少了我爸，家裡就好像兀然留下一個巨大的空位子，讓人鬱悶。我換上和服，親吻脫下的內衣上的玫瑰花，然後坐在梳妝台前，客廳哄然響起我媽他們的笑聲，我忽然很生氣。我媽和我獨處時還好，一旦有客人來，就對我異樣疏遠，態度冷漠，那種時候，我最思念爸爸也最傷心。

攬鏡自照，我的臉龐，鮮活得連我自己都嘖嘖稱奇。臉孔，是他人。和我自己的悲傷或痛苦那些心情全然無關，自由地獨立存活。今天我明明沒有塗胭紅，臉頰卻如此紅潤，還有嘴唇也小巧殷紅發亮，很可愛。我摘下眼鏡，試著微微一笑。眼睛很好看。藍藍的，清澈。大概是因為長時間凝視美麗的向晚天空，才能有這麼好看的眼睛吧。賺到了。

我有點暈陶陶地去廚房，洗米時，再次悲從中來。我懷念之前在小金井的家，懷念得胸口燒灼。在那美好的家中，有爸爸，也有姊姊。我媽當時也還年輕。我放學回來，就和媽媽與姊姊在廚房或起居室開心地聊天。媽媽會給我點心吃，我頻頻向二人撒嬌，找姊姊吵架，然後總是挨罵，氣得衝出門外，騎腳踏車到很遠很遠的地方，傍晚才回來，之後就快樂地吃飯。真的很快樂。我也不會整天盯著自己，為自己的汙穢而惱火，只要撒撒嬌就行了。當時我享受的是多麼大的特權啊。而且那時我很坦然。不擔心，也不寂寞，不痛苦。爸爸是個令人尊敬的好父親。姊姊很溫柔，我總是纏著她掛在她身上。可是，隨著漸漸長大，我自己就先變得古怪了，我的特權不知不覺消失了，大概是皮膚紅腫脫皮吧，醜死了醜死了。我再也無法向人撒嬌，整天抱頭苦思，唯有痛苦漸增。姊姊出嫁了，爸爸也不在了。只剩下我媽和我。她想必也滿心寂寞吧。上次我媽還說，「從今以後，活著也沒啥指望了。就算看到妳，說真的，我也沒什麼期待。請原諒我。如果沒有妳父親陪伴，幸福還是別來的好。」蚊子出現時，她會忽然想起父親；拆舊衣服時，她會想起父親；剪指甲時，也想起父親；茶水好喝時，八成還是會想起父親。無論我如何安慰我媽，努力陪她聊天，還是無法取代我爸。夫妻感情，是這世上最堅固的，比起骨肉親情，肯定更可貴。小小年紀就想這種事，讓我暗自紅了臉，我用溼淋淋的手撩起頭髮。洗米的同時，我衷心感到媽媽很可愛，讓人心疼，我應該好好孝順她。這麼捲的頭髮，還是趕快拆開放下，讓頭髮長得更長吧。我媽之前就討厭我剪短髮，如果我留長了綁起來給她看，她應該會很高興。不過，如此委曲求全地安慰母親，也有點討厭呢。真煩。仔細想想，最近，我的煩躁與她大有關係。我想做個體諒母親的貼心小女兒，可是話說回來，又很討厭逢迎諂媚。如果我就算不說話，我媽也懂得我的心情而能夠安心的話，那是最好的。不管我再怎樣任性，也絕對不會做出惹人恥笑的事，我就算痛苦寂寞，關鍵之處還是守得很緊，深深愛著母親和這個家，所以她如果也能夠絕對信任我，恍恍惚惚地放慢步調也沒關係。我肯定會做得很好。我會努力工作。那對現在的我而言，也是一大喜悅，是我的生存之道，可惜她一點也不信任我，還把我當成小孩子。如果我說出孩子氣的話，她會很開心，上次也是，我故意取出可笑的烏克麗麗，叮叮咚咚地彈琴鬧著玩，我媽見了，似乎衷心喜悅。

「咦，下雨了嗎？我怎麼聽到雨滴的聲音。」她故意裝傻調侃我，似乎以為我是真的很愛彈奏烏克麗麗，我忽感心煩，很想哭。媽媽，我已經是大人了。社會上的事，我什麼都知道喔。妳可以安心地儘管找我商量。家裡的經濟問題也可以全部告訴我，如果妳說家裡是這種狀態所以我也得節省，那我絕對不會纏著妳要求買新鞋。我會成為一個精明節儉的女兒。真的，這點我敢保證。可是，唉，可是啊可是，我想起有一首歌就是這麼唱的，忍不住一個人吃吃笑出來。驀然回神，我正呆呆將雙手插在鍋中，像個傻子似地胡思亂想。

不行不行。必須趕緊端晚餐給客人。剛才的大魚該怎麼料理呢？總之先切成三片，用味噌醃漬起來吧。那樣味道肯定好吃。料理全都得靠直覺。小黃瓜還剩一點，所以就做個醋拌小黃瓜。還有我拿手的煎蛋捲。另外再來一樣。啊，有了。就做洛可可料理吧。這是我發明的。在不同的盤子分別放上火腿、雞蛋、洋香菜、高麗菜及菠菜，總之把廚房剩的東西都切一切，五顏六色美美地搭配起來，迅速裝盤端出，既不費工夫又經濟。雖然一點也不好吃，但是餐桌會變得相當繽紛華麗，看起來就像豪華山珍海味似的。雞蛋底下有洋香菜的青草，一旁，火腿的紅色珊瑚礁微微露臉，而高麗菜的黃色葉片，如同牡丹花瓣，又好似羽毛扇子般鋪在盤子底下，翠綠的菠菜則似牧場或湖水。這樣的盤子如果兩三碟排放在餐桌上，客人會突然想起路易王朝。或許沒那麼誇張。但反正我也做不出什麼好吃的大菜，至少看起來漂漂亮亮的可以唬住客人，做點表面工夫。論及料理，首重外觀。大抵可用那個敷衍。不過，這道洛可可料理需要特別有繪畫天分。關於色彩的搭配，若非較常人敏感一倍，必然失敗。至少必須有我這樣的纖細直覺。洛可可這個名詞，上次我查字典，字典上的定義是「徒有華麗外表，而內容空洞的裝飾樣式」，害我笑了。這個答案精彩。美麗怎麼可能有內涵！純粹的美，總是無意義且無道德。這是必然的。所以我喜歡洛可可。

一如往例，我下廚，一再試味道，漸漸陷入嚴重虛無。累得要死，心情陰鬱。陷入各種努力的飽和狀態。唉，唉，我已經隨便怎樣都無所謂了。順便，我很自暴自棄地啐了一聲，無論味道或外觀都亂七八糟隨隨便便，稀里糊塗，我板著臭臉就這樣端給客人。

今天的客人格外令人憂鬱。住在大森的今井田夫婦，帶著今年七歲的良夫來訪。今井田先生已經快四十歲了還像個乖乖牌小男生般膚色潔白，真討厭。為什麼要抽敷島牌香菸？除非是沒濾嘴的紙捲菸，否則感覺很不潔。要抽菸就只能抽沒濾嘴的。如果抽什麼敷島，我會連此人的人格都產生懷疑。他不停朝天花板噴煙，說什麼噢噢原來如此。據說他現在是夜校老師。他太太縮成一團，畏畏縮縮，而且很低俗。即便只是一點小事，也笑得把臉貼在榻榻米上，身體弓成蝦米。有什麼好笑的。她大概還自以為誇張得笑到趴下是什麼高雅的行為。這年頭的社會，這種階級的人或許最糟糕。最骯髒。這大概叫做小資產階級？或者叫做小公務員？那個小孩子也是，老氣橫秋的，完全沒有那種率真的活潑。雖然這麼想，我還是按捺滿腹牢騷行禮如儀，陪著說說笑笑，拼命誇獎良夫小朋友好可愛，摸摸他的腦袋，說謊哄騙大家，所以今井田賢伉儷說不定遠比我更加清純。大家吃了我的洛可可料理，誇獎我的手藝，我真不知是該寂寞還是氣憤，有點想哭，但我還是努力做出喜孜孜的模樣，後來我也同桌一起吃，今井田太太囉嗦又無知的奉承，讓我實在很反感，於是我心一橫，決定不再說謊了。

「這種菜色，一點也不好吃。因為巧婦難為無米之炊，我是莫可奈何才出此下策。」我本來是講出事實，沒想到今井田夫婦居然只顧著拍手大笑，說我這個出此下策的成語用得真好。我很不甘心，很想把碗筷一扔，乾脆哇哇大哭算了。我硬生生忍住，勉強擠出皮笑肉不笑的表情，結果連我媽都說，「這孩子，漸漸也能派上用場了。」

我媽明知道我有多傷心，為了逢迎今井田一家，居然說出那麼無聊的話，還殷勤微笑。她其實犯不著做到那種地步來討好今井田這種人。接待客人時的媽媽，不再是媽媽，只是個弱女子。只因為爸爸不在了，就得如此卑微嗎？我覺得很窩囊，再也說不出話。請回吧，請回吧。家父是個了不起的人。很慈愛，而且人格高尚。如果因為我家沒有父親就如此瞧不起我們，那你們現在就可以走了。我真的很想對今井田這麼說。但我畢竟還是軟弱，只是殷勤忙著切火腿給良夫吃或是拿泡菜給今井田太太。

吃完飯，我立刻鑽進廚房開始善後收拾。我只想趕快獨處。我並不是自視甚高，只是覺得沒必要再繼續勉強附和那種人說的話，或是陪著乾笑。對那種人，絕對沒必要有禮貌，不不不，是點頭哈腰。我才不幹。我已經受夠了。我已經盡力而為了。我媽不也一直欣慰地看著我今天忍住脾氣殷勤周到的態度嗎？光是做到那樣就好了嗎？到底是該強烈地、明確地區分社交歸社交，自己歸自己，立場分明地待人接物比較好，還是即使遭人批評也始終不失自我，不須韜光養晦比較好，我已分不清。我很羨慕那種一輩子都能活在和自己同樣軟弱善良溫和的人群中的人。說到吃苦，如果不用吃苦就能過完一生，那又何必特地自找苦吃。那樣絕對更好。

壓抑自己的情緒替人服務，想必絕對是好事，但是今後如果天天都得對今井田夫婦這種人強顏歡笑屈意奉承，那我搞不好會瘋掉。我忽然想到一個可笑的念頭，像我這種人絕對無法坐牢。不只是無法坐牢，也無法當女傭。也做不了好妻子。不，妻子的問題另當別論。如果下定決心要為良人奉獻一生，就算再怎麼苦，哪怕因工作曬得黝黑，至少有充分的生活意義，有希望，所以即便是我也能勝任。這是理所當然。我願意從早到晚像小白鼠一樣忙得團團轉。不停洗衣服。再沒有比大量髒衣服堆積時更不愉快的事。那會讓我煩躁不安，歇斯底里似地坐也不是站也不是。甚至覺得死都死不乾淨。等到髒衣服全部洗淨，掛上晾衣竿時，我才會覺得，這下子死也甘願了。

今井田一家要走了。不知有什麼事，把我媽也一起帶出門了。傻乎乎跟著走的媽媽固然不對，但這已經不是今井田第一次利用我媽了，今井田夫婦的厚顏無恥太討厭了，我很想揍他們一頓。把大家送到門口，我獨自茫然眺望黃昏暗路，不禁泫然欲泣。

信箱裡，有晚報和二封信。一封是給我媽的，是松坂屋百貨夏季拍賣的廣告函。另一封，是表哥順二寄給我的。他說這次將調任到前橋的聯隊。叫我代為問候我媽，只是簡單的通知。就算是軍官，也無法期待太美好的生活內容，不過，我很羨慕他們每天生活作息嚴酷又有效率的規矩。何時該做什麼都是規定好的，心情上想必很輕鬆。像我這樣如果什麼都不想做，就什麼都不做也行，而且處於什麼壞事都能做的狀態，此外，如果想用功，也有無限多的時間念書，勉強要說欲望的話，好像一般願望都能實現，如果這時候有人替我規定好從哪到哪為止的努力界線，不知會有多大的幫助。如果把我緊緊束縛住，我反而會更感激。我記得某本書上提到，戰地士兵們的欲望只有一個，就是好好大睡一覺，我一方面有點同情士兵的辛苦，同時也很羨慕。斷然告別繁瑣且沒完沒了無憑無據的胡思亂想的洪水，只是一心渴望睡覺的狀態，委實清潔又單純，想來甚至覺得爽快。像我這種人，如果體驗一下軍中生活，好好鍛鍊一番，說不定可以成為比較清爽美麗的女孩。就算不去軍中生活，也有像阿新那樣率真的人，可我偏偏是個壞女人。我是壞孩子。阿新是順二的弟弟，和我同年，但他為什麼就能那麼乖巧呢？在親戚當中，不，在全世界的人當中，我最喜歡的就是阿新了。阿新是瞎子。年紀輕輕就失明，實在太慘了。如此靜謐的夜晚，他一個人待在房間，不知是什麼心情，若是我們，就算寂寞，還可以看看書或看看風景，稍微排遣幾分無聊，可阿新卻做不到。他只能沉默。以前他比常人加倍用功，而且網球和游泳都很拿手，可是現在的寂寞痛苦該怎麼辦？昨晚也是想起阿新，鑽進被窩後，我試著閉眼五分鐘。就連躺在被窩閉上眼，都嫌五分鐘太久，快要喘不過氣了，可阿新是不分早午晚，連續幾天幾個月都看不見。如果他忿忿不平或發脾氣耍任性，我還高興一點，問題是阿新什麼也不說。我從未聽過他發牢騷或講別人的壞話。而且他總是講話很開朗，神色坦蕩。那更加令我心痛。

我左思右想地打掃房間，然後燒洗澡水。一邊看著爐火一邊在裝橘子的箱子坐下，在瓦斯燈的燈光下做完學校作業。可是洗澡水還沒燒好，於是我重讀《墨東綺譚》[3]。書中寫的，絕非噁心、汙穢之事，但作者不時出現的做作很礙眼，那畢竟還是讓人感到一種陳腐與飄忽不定，也許因為作者是老人吧。不過，外國作家就算再怎麼老，照樣天真大膽地談戀愛。那樣反而不會惹人厭。但這部作品，在日本，好像算是好作品吧？從作品背後可以感受到誠實無偽的寧靜達觀，非常清新。這位作者的作品中，這是最枯燥的一本，我很喜歡。這位作者，似乎是責任感極強的人。他對日本的道德非常執著，因此產生反彈，好像有很多作品都令人異樣不快。這是感情過度豐富的人常有的偽惡趣味。故意戴著惡鬼面具，那反而削弱了作品的力量。不過，這本《墨東綺譚》擁有寂寞感堅定不移的強悍。我喜歡。

洗澡水燒好了。打開浴室的燈，脫衣，將窗戶敞開，悄悄泡進熱水中。從窗口

3《墨東綺譚》，永井荷風的小說。以私娼寮為故事舞台，描寫某小說家與妓女的邂逅與別離。

可以窺見珊瑚樹的青葉，每片葉子在燈光照耀下發出灼灼光輝。天空有星星閃爍。不管看多少次還是閃閃爍爍。我仰頭陶醉地望著，刻意不看自己身體若隱若現的白皙，即便如此，仍可隱約感到，那照樣映入視野一隅。而且，沉默時，會覺得似與小時候的白皙不同。難以忍受。肉體不管自己的心情逕自成長，令我不知所措。對於日漸長成大人的自己，我無能為力，很悲哀。或許除了順其自然，默默看著自己長大，也別無他法吧。真希望身體永遠像個洋娃娃。就算我嘩啦嘩啦攪動熱水，模仿小孩子的幼稚舉動，心情還是很沉重。今後，好像沒理由繼續苟活，令我很痛苦。院子外面的草原，傳來鄰家孩童半帶哭泣地喊姊姊的聲音，猛然刺痛我的心。雖然不是喊我，但我很羨慕那孩子哭泣思慕的「姊姊」。如果我也有一個那樣敬愛我的弟弟，也不至於這樣日復一日迷惘苟活了。對於生活想必也會更有幹勁，而且能夠下定決心將畢生奉獻給弟弟。真的，無論多麼痛苦都能夠忍受。我獨自用力，然後，深深哀憫自己。

泡完澡，今晚的我好像特別在意星星，我走到院子。滿天星斗如墜。啊啊，夏天快到了。青蛙四處鳴叫。麥子沙沙作響。我一再扭頭仰望，只見星光滿天。去年，不，不是去年，已經是前年了，我耍賴吵著要去散步，爸爸當時雖已生病，還是陪我一起散步。向來年輕的爸爸，會教我唱德語的「你活到百歲，我活到九十九」這類意思的小調，或是告訴我星星的故事，創作即興詩句，拄著拐杖，比賽吐口水，擠眉弄眼地陪我同行，是個好父親。每當我默默仰望星星，總會想起爸爸。之後，一年一年過去，我漸漸成了壞女兒。我開始擁有許多一個人的祕密。

回到房間，坐在桌前托腮，望著桌上的百合花。有股清香。嗅著百合的香味，儘管這樣獨自發呆，也絕不會萌生骯髒的念頭。這支百合花，是昨天傍晚我散步到車站，回程順道在花店買來的。之後，我的房間好像完全變了樣似的異常清新，一拉開紙門，已可感受到百合的香味撲鼻，不知讓我多麼感激。這樣凝望，真的親身體會到它遠勝於所羅門王的榮華，不由頷首同意[4]。我驀然想起去年夏天的山形縣。去山上時，山腰有大片百合花恣意怒放，驚豔之下不由看得入神。然而山崖陡峭，我知道自己實在無法攀爬，因此即便心醉神迷，也只能默默眺望。就在那時，

4 馬太福音第六章提到，「就是所羅門極榮華的時候，他所穿戴的，還不如這花一朵。」

正巧在附近的陌生礦工，默默爬上山崖，不久就爬到山腰，摘來雙手都抱不住的大捧百合花。然後木著臉把花全都給了我。那才真是銘感滿懷。即便最豪華的舞台或婚禮會場，想必也無人拿到過這麼多的花吧。直到那一刻，我才嘗到亂花迷眼是何滋味。張開雙臂抱著那些雪白巨大的花束，完全看不見前方。那個好心的、真的令人很感激的年輕認真礦工，現在不知怎樣了。他替我去那麼危險的地方摘花，雖然僅只是這樣，但是看到百合時，我總會想起礦工。

拉開桌子抽屜一陣亂翻，結果翻出去年夏天的扇子。白色的紙面上，元祿時代的女人懶散地歪坐著，一旁，還畫了二枚青色的酸漿。去年的夏日時光，彷彿一陣青煙倏然自這把扇子冉冉浮現眼前。山形縣的生活，火車上，浴衣，西瓜，溪流，蟬鳴，風鈴。忽然很想拿著這個坐火車。搧扇子的感覺很好。把扇骨緩緩打開，整個人忽然變得輕飄飄。抓在手裡轉著玩，我媽回來了。似乎心情不錯。

「唉，累死了，累死了。」她嘴上抱怨著，看起來倒也沒那麼不愉快。因為她就是喜歡張羅別人的事，沒辦法。

「因為事情很複雜。」她說著換下衣服去泡澡。

洗完澡，我倆一邊喝茶，她笑得詭異，我正納悶她要說什麼。

「妳之前不是就一直嚷著想看《裸足少女》嗎？既然這麼想看，那就去吧。不過，今晚要替我按摩一下肩膀。工作之後再去玩，會更開心吧？」

我已經喜出望外了。我一直想看《裸足少女》這齣電影，但最近我成天都在玩，所以不敢開口。可是我媽明察秋毫，吩咐我替她做點事，就寬宏大量地特意讓我去看電影。我真的好開心，好喜歡媽媽，而不由自主笑了。

好像已經很久沒有這樣與我媽共度長夜了。因為她的交際應酬很多。她大概也在努力不讓世人小看自己吧。這樣替她按摩肩膀，她的疲勞似乎也傳達到我身上，我可以清楚感受到。我決定好好孝順她。之前今井田來時，我還暗自懷恨媽媽，想想真是羞愧。我在口中小聲說對不起。我總是只想著自己，仔細想想，其實心裡還是仗著她的疼愛，經常對她很不客氣。她每次不知有多麼難過，我卻只知道頂撞她。自從爸爸不在了，媽媽真的變得很脆弱。我自己倒是嚷著痛苦難過什麼的完全依賴她，可她只要稍微依賴我，我就覺得好像看到汙穢不潔的東西，真的是太任性了。無論我媽或我，其實終究都是弱女子。今後，我應該滿足於母女倆相依為命的生活，時時替她著想，聊聊往事或爸爸，哪怕一天也好，盡量以媽媽為中心。我希望藉此感受到生命意義。雖然心裡很擔心媽媽，也想做個好女兒，但是我的言行舉止，總是像個任性的小孩。而且，最近的我太孩子氣，甚至不乾淨。只有汙穢，羞恥。說什麼痛苦、煩惱、寂寞、傷心，那究竟算什麼。說穿了，就是死。明知如此，不也說不出半個類似的名詞或形容詞嗎？只是忐忑不安，最後惱羞成怒，簡直像什麼似的。以前的女人雖被批評為奴隸或抹殺自我的蟲子、木偶等等，但是比起現在的我，她們更具有正面意味的女人味，也有心靈餘裕，有足夠的睿智能爽快地忍讓順從，也知道純粹的自我犧牲之美，懂得完全不求回報的奉獻是何等喜悅。

「哎喲，這位按摩師手藝真好，簡直是天才。」

我媽照例又調侃我。

「對吧？我可是很用心的。不過，我的長處還不只是按摩喔。光靠那個，太靠不住了。我還有更大的優點。」

老實說出想法後，語句也在我耳中非常爽朗地回響，這兩三年，我從來沒有這樣天真無邪地爽快說話。我開心地暗想，或許唯有當我清楚知道自己的本分，終於看開時，這才終於有平靜嶄新的自我誕生。

今晚我對媽媽就各方面而言都很感謝，按摩完後，作為附帶服務，又念了一小段《愛的教育》（*Cuore*）給她聽。她得知我在看這種書，果然露出安心的神色，但是上次我在看約瑟夫．凱塞爾寫的《青樓怨婦》（*Belle de Jour*）時，她忽然從我手裡把書拿走，瞄了一眼封面，臉色很難看，可她什麼也沒說，立刻就把書還給我了，但我心裡也有點不舒服，再也不想看下去。我媽照理說應該沒看過《青樓怨婦》，但她似乎還是憑直覺發現了。夜裡，萬籟俱寂中，我獨自朗讀《愛的教育》，自己的聲音非常響亮又愚蠢，讀著讀著，不時感到無聊，有點不好意思面對她。四下實在太安靜，那種荒謬感格外顯眼。不管看多少次《愛的教育》，心中的感激仍舊一如小時候閱讀時的感激，自己的心靈，好像也變得率真美好，果然是本好書。問題是，大聲朗讀和默默用眼睛看的感覺差很多，令我很驚訝，簡直驚呆了。不過，我媽在聽到書中安利柯及葛洛翁的部分時，低頭哭了。我的母親，也像安利柯的母親一樣是個慈愛美麗的母親。

我媽先去睡了。她今天一大早就出門，想必很累。我替她拉好被子，拍打被腳。她總是一鑽進被窩就立刻閉眼。

之後我去浴室洗衣服。最近我養成怪癖，快十二點才開始洗衣服。我總覺得白天洗衣服來消磨時間好像有點可惜，但或許正好相反。從窗口可以看見月亮。我蹲著努力搓洗，一邊悄悄朝月亮微笑。月亮佯裝不知。驀然間，我深信，在這同一瞬間，某處也有個可憐的寂寞女孩，同樣邊洗衣服邊對著月亮悄然微笑。她的確笑了，在遙遠鄉村山頂上的小房子，此刻，就有一個深夜默默在屋後洗衣的痛苦女孩。還有，在巴黎後街的骯髒公寓走廊，同樣有個與我同齡的女孩，獨自悄悄洗衣，對這月亮一笑。我毫不懷疑，彷彿用望遠鏡親眼見到似的，那種情景色彩鮮明地浮現眼前。我們的痛苦，其實誰也不知道。等將來長大了，或許可以坦然追憶我們此刻的痛苦寂寞，說聲「真可笑」。但是，在我們長大之前的這段漫長的討厭時期，到底該怎麼生活？沒有人告訴我。或許這是一種類似麻疹的疾病，只能任其自行好轉。問題是，也有人得麻疹死掉，還有人得麻疹失明。不能就這麼放任不管。我們這樣每天鬱鬱寡歡或是發脾氣，也有人因此逐漸走錯路，墮落到無法挽回的地步就此葬送了一生。此外，也有人一時想不開自尋短見。到那個時候，世間眾人只會說，唉，再多活幾年其實就會懂了，再長大一點自然就明白了……可是無論再怎麼扼腕，在當事人看來，只覺異常痛苦，即使如此還是勉強忍耐，拼命洗耳恭聽世人的種種意見，可是聽到的永遠都是些不痛不癢的說教之詞，旁人只會安撫我們馬馬虎虎得過且過，我們永遠會被丟臉地爽約拋棄。我們絕非剎那主義的信徒，但是人們總是指著遙遠的山頭說只要走到那裡便有好風光，明知那肯定是真話，絕非謊言，問題是我們現在就已腹痛如絞，他們卻對腹痛視若無睹，只是翻來覆去告訴我們，快快快，只要再忍耐一下，走到那個山頂上就行了。肯定有誰錯了。不對的，是你。

洗完衣服，打掃浴室，然後偷偷拉開房間紙門，百合的清香撲面而來。頓時神清氣爽。連心底最深處都變得透明，堪稱是崇高的虛無主義。我安靜地換上睡衣，之前一直以為已熟睡的媽媽，忽然閉著眼開口說話，嚇了我一跳。她經常這樣嚇唬我。

「妳說想要夏天的鞋子，所以今天我去澀谷順便看過了。鞋子也變貴了。」

「算了，我已經沒那麼想要了。」

「可是，如果沒有，還是不方便吧？」

「嗯。」

明天想必也有同樣的一天吧。幸福一輩子都不會來。這我很清楚。然而，還是抱著肯定會來、明天就會來的信心睡覺比較好吧。我故意大聲倒在被窩上。啊，真舒服。被子是冷的，因此背脊很涼爽，不由陶醉。幸福遲了一晚來臨。我朦朧想起這句話。苦苦等待幸福，最後終於忍無可忍衝出家門，不料翌日，美好的幸福喜訊就降臨被自己拋棄的家，可惜為時已晚。幸福遲了一晚來臨。幸福遲了一晚來臨。幸福——

院子響起可兒的腳步聲。啪搭啪搭啪搭，可兒的腳步聲很有特色。牠的右前腳有點短，而且前腳是O型腿，所以腳步聲聽來總是寂寞。牠經常深夜在院子走來走去，不知到底在幹麼。可兒很可憐。今早，我故意欺負牠，明天要好好疼愛牠。

我有個可悲的習慣，如果不用雙手蒙住臉就睡不著。我蒙著臉，定定不動。

墜入夢鄉那一刻的感覺，很奇特。就像用釣線拉鯽魚或鰻魚，有股沉重如鉛錘的力量，透過釣線拉扯我的腦袋，當我昏昏沉沉快睡著時，線又稍微放鬆。於是，我倏然清醒。然後，線再次用力拉扯。我昏沉入睡。線再次放鬆。這種情形重複了三、四次，之後，這才用力一拽，再次清醒已是早晨。

晚安。我是沒有王子的灰姑娘。我在東京的何處，你知道嗎？我們永無再見之日。

燈籠

我說得越多，人們就越不相信我。我所見到的每一個人，無不對我滿懷戒心。即使我只是出於懷念之情去探訪，他們也會用「妳來幹什麼」的眼神迎接我。讓我很難堪。

我哪裡都不想去了。哪怕只是去家門口的公共澡堂，我也絕對會等天黑才進去。因為我不想被任何人看見。即便如此，盛夏時節的暮色中，我的白色浴衣還是突兀浮現，似乎格外醒目，讓我困擾得要死。這兩天，天氣忽然變涼了，轉眼又到了穿嗶嘰布的季節，因此我打算立刻換上黑色單衣。如果維持這種窘況任由秋去冬來又一春，直到夏天再度來臨不得不再次穿上白底浴衣，那未免太悲慘了。至少在來年夏天之前，我希望自己的身分已可堂堂正正穿著這身牽牛花圖案的浴衣外出，在廟會的雜沓人潮中化上淡妝昂首闊步，想到屆時的喜悅，現在就已有點興奮。

我偷了東西。這我不否認。我並不認為自己是對的。但是——不，我必須先聲明。我敢對天發誓。我不會求人，肯相信我的人，自然會相信。

我生於貧窮的木屐店，但好歹也是家中的獨生女。昨晚，我坐在廚房切蔥，忽聞我家後面的野地傳來小孩子悲切哭喊姊姊的聲音，我驀然停下手思考。如果，我也有個弟弟或妹妹那樣依戀地哭著呼喚我，或許我就不會如此孤獨了。這麼一想，被蔥汁刺痛的眼睛，霎時湧出熱淚，用手背去抹眼淚，反而更被蔥味刺激，眼淚滾滾落下，教我不知該如何是好。

那個任性的姑娘，終於開始發花痴了——從梳頭師傅那邊傳出這種流言，是在今年櫻花凋謝、滿樹新葉時，夜市攤子開始擺出瞿麥花和菖蒲花，然而，那時，真的很快樂。水野先生天一黑就會來接我，而我，打從天還沒黑就已換上和服，也化好了妝，一次又一次在家門口進進出出。附近鄰人看到這樣的我，指指點點交頭接耳笑著說，看吧，木屐店的幸子又開始發花痴了。但後來我才漸漸發現他們的議論，我的父母，或許隱約早有察覺，只是他們什麼也說不出口。我今年已經二十四歲了，卻仍未出嫁，也沒有討個贅婿，這固然是因為我家太窮，但我母親本為此地頗有勢力的地主老爺的小妾，與我父親暗通款曲後，不顧地主老爺的恩情私奔到我父親家，不久便生下我。我的五官輪廓，既不像地主老爺也不像我父親，這讓他們更加不見容於社會，有一陣子據說幾乎被當成賤民受到排擠。這種家庭的女兒，乏人問津想必也是理所當然。不過，以我這種相貌，即使生於有錢的貴族家庭，說不定還是一樣注定嫁不出去。可我並不恨我的父親，當然也不恨母親。我是父親的親生孩子。不管別人怎麼說，我深信不疑。我的父母非常疼愛我。我也很體諒雙親。我的父母都是軟弱的人。就連對我這個親生女兒，動不動都還要客氣。對於軟弱膽小的人，我認為一定要溫柔地體諒他們。為了父母，儘管再怎麼痛苦寂寞，我也要忍下去。然而，認識水野先生後，我畢竟還是有點忽略父母了。

說出來都不好意思。水野先生是比我還小五歲的商業學校學生。但是，請諒解。我是真的別無選擇。我與水野先生，是因今年春天我的左眼有疾，去附近的眼科看病時，在那家診所的候診室相識。我生來就是那種會對人一見鍾情的女人。當時他和我一樣左眼戴著白色眼罩，正不快地皺起眉頭不停翻閱辭典查資料，那副模樣看起來很可憐。而我，也因為眼罩而鬱鬱寡歡，即使只是從候診室窗口眺望窗外的栲樹嫩葉，嫩葉在熾熱的陽炎籠罩下也彷彿熊熊燃起青焰。外界的一切，似乎都在遙遠的童話王國中，水野先生的臉孔，之所以如此俊美高貴不似人間，想必也是因為我的眼罩施加了魔法。

水野先生是個孤兒。沒有任何人關心他。他家本來是頗具規模的藥材批發行，母親在他襁褓時就過世，父親也於他十二歲時死去，之後家業難以維持，二個哥哥和一個姊姊都被遠親各自收養，身為老么的水野先生，就由店裡的掌櫃養活。如今掌櫃雖然供他就讀商業學校，但他的處境似乎也頗尷尬，據說每天都過得非常孤獨，他自己也曾不勝感慨說，唯有和我一起散步的時候最快樂。他在日常生活方面，似乎也手頭拮据多有不便，今年夏天，他說已和朋友相約去海邊游泳，可他看起來一點也不興奮，反而垂頭喪氣，因此那晚，我偷竊了。我偷了一條男用泳褲。

我偷偷走入在本地生意做得最大的大丸商店，假裝對著女用便服東挑西選，趁機悄悄抓了一件身後的黑色泳褲，夾在腋下，靜靜走出商店，走了四、五公尺，身後忽有人大喊「喂！喂！」我心生恐懼幾乎失聲尖叫，發瘋似地拼命逃跑。「小偷！」背後傳來粗聲怒吼，我的肩膀狠狠挨了一拳，打得我腳步踉蹌，猛然回頭時，臉頰挨了一耳光。

我被帶去派出所。派出所前，擠滿圍觀的人。全都是本地的熟人。我的頭髮散落，甚至從浴衣下擺露出赤裸的膝蓋。我想肯定慘不忍睹。

警察先生叫我在派出所後方鋪了榻榻米的小房間坐下，開始盤問我。這是一個膚色白皙，臉頰瘦長，帶著金邊眼鏡年約二十七、八歲的警察。按照程序詢問我的姓名、住址及年齡，一一寫在本子上後，他忽然不懷好意地冷笑。

——這是妳第幾次犯案了？

他說。我一聽，頓感不寒而慄。我完全想不出該如何回答。如果處理得不好，可是會背上重罪坐牢的。我必須設法巧妙地替自己辯解！我拼命搜索枯腸找藉口，但卻已如墜五里霧中，不知該如何申訴，我這輩子還不曾如此恐懼過。我想吶喊，終於擠出的話語，卻連自己都覺得唐突可笑。可是一旦開口，頓時彷彿被狐仙附身滔滔不絕，我覺得自己好像瘋了。

——不能把我關進監牢。我沒有錯。我二十四歲了。這二十四年來，我很孝順，我一直小心翼翼侍奉父母。我到底有哪一點錯了？我從未做過讓人在背後指指點點的虧心事。水野先生是出色的人物，想必，很快就會成為大人物。這我很清楚。我並不想讓他蒙羞。他已經和朋友約好去海邊，我想讓他帶著和旁人一樣的裝備去海邊，這有哪一點不對？我知道我很笨。可我雖然笨，還是可以把水野先生打扮得很體面。水野先生和別人不一樣，他是出身高貴的人。至於我自己，怎樣都無所謂。只要能夠讓他風光體面地踏入社會，我就心滿意足了。我有我的職責，不能把我關進監牢，這二十四年來，我沒有做過任何壞事。我不是一直努力侍奉軟弱的雙親嗎？我不要，我不要，你不能把我關進監牢，我不能被關進監牢。這二十四年來，我努力再努力，結果只因為這一晚，一念之差稍微順手牽羊，就只因為這樣，就把我這二十四年，不，把我這一輩子毀掉，那可不行。那是不對的。我覺得那太不可思議了。一生之中，僅僅這麼一次，忍不住右手稍微移動了三十公分，就能證明我的手腳不乾淨嗎？太過分了，太過分了。就這麼一次而已，只不過是兩三分鐘的事件罷了。我還年輕。今後日子還很長。我會和過去一樣忍受痛苦貧窮的生活過下去。就這麼簡單。我什麼都沒改變，依然是昨天那個幸子。區區一條泳褲，能給大丸商店造成多大的麻煩？他們哄騙客人掏出一兩千圓的鉅款，不，甚至讓人為此傾家蕩產，還不是照樣贏得大家的讚美。監牢到底是為誰存在？關進監牢的都是窮苦人。那些人，想必不會騙人，天生就軟弱誠實。他們不夠狡猾，不懂得欺騙別人讓自己過上好日子，因此漸漸走投無路，做出那種傻事，搶劫兩三圓，然後就得坐牢五年甚至十年，哈哈哈哈！可笑，太可笑！怎麼會這樣，啊呀，簡直太荒謬了。

我一定是瘋了吧。肯定沒錯。警察先生臉色鐵青，定定凝視我。我忽然對這個警察很有好感。流淚的同時，硬是勉強對他露出微笑。看樣子，我好像被當成精神病患了。警察先生像處理燙手山芋似的，小心翼翼把我帶去警局。那晚，我被關進拘留室，天亮後，父親來接我，我被釋放回家了。父親在返家途中，只是悄悄問了我一句有沒有挨揍，除此之外什麼也沒說。

看到那天的晚報，我面紅耳赤。因為報紙提到了我。「扒手也有三分歪理，古怪的左派少女雄辯滔滔」，報紙的標題就是這麼寫的。我受到的恥辱，不僅如此。附近鄰居在我家周圍來回打轉，起初，我不懂他們那是什麼意思，但當我醒悟他們是來偷看我時，不由渾身顫抖。我漸漸明白，當時那個小動作，釀成了多大事件。那一刻，如果家裡有毒藥我八成會毫不猶豫吞下去，附近如果有竹林我八成會坦然走進去上吊。連著兩三天，我家被迫關門停止營業。

後來，我收到水野先生的來信。

——在這世上，幸子小姐是我最信任的人。只是，幸子小姐缺乏教育。雖是誠實的女性，成長的環境卻有不當之處。我一直努力試圖矯正幸子小姐那些毛病，可惜有些東西終究是絕對的。做人，必須有學問。日前，我與友人去海邊戲水，在海灘，我們針對人類向上心之必要討論許久。我們想必很快會出人頭地。幸子小姐今後也要謹言慎行，至少就妳犯下的罪行做出萬分之一的補償，向社會懇切謝罪，想必社會大眾雖厭其罪行，卻不至於厭惡妳本人。水野三郎筆。（閱後務必燒毀。請連同信封燒毀。切記切記。）

以上就是來信的全文。我忘了水野先生本就是富家少爺出身。

如坐針氈的日子一天天過去，如今，天氣已變得涼爽。今晚，父親說燈光太黯淡會讓人心情沮喪，遂將三坪房間的燈泡換成五十燭光的明亮燈泡。之後，我們一家三口就在明亮的燈光下共進晚餐。母親嚷著「啊喲好刺眼，好刺眼」，舉起握筷子的手遮在額頭，非常興奮。我也替父親斟酒。我們的幸福，到頭來，不過是這樣換個房間的燈泡罷了。我悄悄這麼告訴自己，心情倒也沒那麼落寞，反而覺得亮著這種寒酸電燈的咱們一家，猶如綺麗的走馬燈，啊啊，你們想看就看吧，我們一家三口，是美麗的。我的心頭，不由湧現一種沉靜的喜悅，恨不得讓院子的鳴蟲都知道。

蟋蟀

我們離婚吧。你一直在說謊。或許我也有不是之處。然我不知自己到底是哪一點錯了。我已二十四歲了。到了這個年紀，就算指出我哪裡錯了，於我，也已無法改正。除非一度死去再像耶穌一樣復活，否則無法改正。我認為主動尋死是最大的罪惡，所以我想離開你，用我自認正確的生活方式，努力試著生活一段時間。我有點怕你。在這世上，或許你的生活方式才是對的。但於我而言，那樣我實在活不下去。自我到你身邊，已有五年了。十九歲那年春天相親，不久之後，我幾乎是兩手空空地嫁給你。是現在我才敢說，當時我父母對這樁婚事都非常反對。我弟弟那時剛上大學，他也老氣橫秋地說，「姊姊，妳這樣真的行嗎？」表現得很不滿。我怕你知道了不高興，所以一直隱瞞到今天，但是當時，別人還介紹了另外二樁婚事給我。如今我已記憶模糊，我只記得其中一人據說剛從帝大法律系畢業，是好人家的少爺，立志要當外交官。我也看過他的照片。那人看似樂天派，有張開朗快活的臉孔。這是我住在池袋的大姊推薦的。另一位，在我父親的公司上班，是年近三十的技師。那已是五年前的事情，所以記憶並不明確，但我印象中他好像是豪門的繼承人，據說人品也相當精明幹練。我父親好像很欣賞他，父母都很熱心支持這樁婚事。至於此人的照片，我想我應該沒看過。這種事當然無關緊要，只是我不想又被你冷嘲熱諷，所以將我所記得的清楚告訴你。現在告訴你這些，絕非為了和你作對故意氣你。這點請你務必相信。否則我會很困擾。我壓根沒有「當初應該嫁給其他更好的對象」這種不貞的愚蠢念頭。除你之外的對象，我無法想像。如果你又像以往一樣嘲笑我，我會很困擾。我是說真的。請你認真聽我說完。無論當時或現在，我都沒有和他人結婚的意願。這點，我很確定。從小，我最討厭的就是拖拖拉拉曖昧不清。當時，我的父母乃至池袋的大姊都有很多意見，一再勸我至少先去和人家見個面，但於我而言，相親就等於成親，所以我始終不肯輕易點頭。我完全無意和那種人結婚。如果對方真如大家所言那麼完美，那他不用和我相親應該也找得到很多理想的妻子人選，況且我總覺得提不起勁。我懵懂地想著，我一定要找一個在這世界上（這麼說，你肯定又要笑我了）非我不娶的男人結婚。正好就在那時候，你向我提親了。因為太荒唐，我父母打從一開始就很不高興。因為那家骨董店的但馬先生原本是來我父親的公司賣畫，照例又賣弄他的口才推銷半天後，居然開玩笑說，這幅畫的作者肯定很快就會出人頭地，怎麼樣，不如把令千金許配給他云云，我父親當時只是隨便聽聽，姑且還是買下那幅畫掛在公司會客室的牆上，沒想到過了兩三天，但馬先生又來了，這次竟然是認真上門提親。簡直太誇張了。提親的但馬先生固然有問題，委託但馬先生來提親的男人更荒唐，因此我父母都目瞪口呆。不過，事後詢問你，才知你毫不知情，一切都是但馬先生出於義氣自作主張。這些年但馬先生幫了你不少忙。你現在的成功，都是拜但馬先生所賜。他對你，真的是和買賣無關，堪稱鞠躬盡瘁了。可見他有多麼欣賞你的才華。今後你也絕對不能忘記但馬先生。當時我聽到但馬先生突兀的提親，在驚訝的同時，忽然很想見你一面。不知為何，我非常開心。有一天，我偷偷去父親公司看你的畫。那段經過，我跟你提過嗎？我假裝有事找父親，走進會客室，獨自仔細觀賞你的畫。那天，天氣非常寒冷。我渾身哆嗦地站在沒有暖氣的寬敞會客室角落，凝視你的畫作。那幅畫，畫的是小院子、陽光充足的簷廊。簷廊上空無一人，只放了一個白色坐墊。整幅畫只有藍色，黃色，以及白色。看著看著，我漸漸顫抖得越來越厲害，甚至無法站立。我認為這幅畫只有我才懂。我是說真的，你別笑我。看到那幅畫後，連著兩三天，我的身體不分日夜一直顫抖。我感到自己一定得嫁給你才行。這種想法很輕浮，讓我羞恥得渾身發燙，但我還是懇求我母親答應。母親聽了，臉色非常難看。然我早有心理準備，所以沒有放棄，這次我直接回覆但馬先生。但馬先生大聲叫好，當下猛然站起，結果還被椅子絆倒，但那時，我和但馬先生都沒有笑。之後的事，你想必也知道了。在我家，你的風評一天比一天糟糕。你沒稟告父母就自行從瀨戶內海的家鄉來到東京，你的父母自然不用說，就連親戚們也都對你失望透頂，你愛喝酒，從來沒有參加過美展，似乎是左派分子，就連是否從美術學校畢業都很可疑，乃至其他種種，也不知我父母是從哪打聽來的，他們不斷告訴我關於你的種種劣跡，嚴厲斥責我。然而，在但馬先生的熱心撮合下，好歹還是讓我們相親了。就在銀座千疋屋的二樓，我和母親一起赴約。你和我想像中完全一樣。襯衫袖口很乾淨，令我敬佩。當我端起紅茶時，身體不聽話地顫抖，湯匙在碟子上喀喀響，令我非常困窘。回家之後，我母親變本加厲地講你的壞話。相親期間你一直抽菸，沒與她講過幾句話，這點似乎最令她不滿。她也頻頻強調你的面相不好。她說你毫無前途。然我已決定要嫁給你。我抗爭了一個月，最後我終於贏了。和但馬先生商量後，我幾乎是兩手空空地嫁給你。住在淀橋公寓的那二年，是我此生最快樂的時光。每天，心頭都充滿關於明日的計畫。你對美展和大師的名字都不關心，只是一逕畫你自己的畫。日子越清苦，我就越興奮開心，對於當鋪，還有舊書店，都彷彿遙遠記憶中的故鄉般充滿懷念之情。真的一毛錢也沒有時，反倒可以測試自己的渾身本領，讓我感到生活格外有勁。因為沒錢時的三餐才最快樂、最美味。當時我不是陸續發明了很多好吃的料理嗎？現在就不行了。只要想到什麼都買得到，就再也沒有任何靈感湧現。即便去菜市場，也只感到虛無。我只是跟著其他大嬸們買回同樣的東西而已。你突然飛黃騰達，退掉淀橋的那間公寓，搬來如今這個三鷹町的房子後，再也沒有任何快樂了。我不再有發揮手藝的空間。你突然變得口齒伶俐，格外珍惜我，但我覺得自己就像被你豢養的貓咪，總是很困惑。我沒想過你會在這社會出人頭地。我以為你會貧窮到死，整天任性地畫你想畫的東西，任由世人嘲笑卻安然處之，從不對任何人低頭，偶爾酌點愛喝的小酒，一輩子都不會被俗世汙染。是我自己太傻嗎？但無論當時或現在，我依然堅信，這世間，至少應該有一個那樣美好的人物存在。那人額頭的月桂樹冠，別人誰也看不見，因此他肯定遭到輕視，八成沒有人願意嫁給他照顧他，所以我要嫁給他一輩子為他奉獻。我以為，你就是那個天使。我以為，唯有我才了解你。結果，唉，這是怎麼回事。你居然一下子發達了。不知何故，我只覺得異常羞恥。

我並非憎恨你的成功。得知你那悲傷得不可思議的作品一天比一天受到更多人喜愛，我每晚都向神明致謝。我忍不住喜極而泣。住在淀橋公寓的那二年，你隨心所欲地描繪你喜愛的公寓後院，描繪深夜的新宿街景，每當一毛錢也不剩時，但馬先生就會出現，留下足夠的金錢交換兩三幅畫作，當時，你對於但馬先生把畫拿走似乎非常不捨，對於金錢，你毫不關心。但馬先生每次來訪，都會把我悄悄叫到走廊，然後他總是嚴肅地鞠躬說「還請您別嫌棄」，把白色信封塞進我的腰帶。你總是佯裝不知，而我，也沒有做出立刻查看信封裡有多少錢的卑鄙行為。沒錢就沒錢，我覺得我們照樣活得下去。我從來不曾向你報告收到多少錢。因為我不想玷汙你。真的，我從來不曾祈求你發財或出名。像你這種不善言詞、行為缺乏常識的人（對不起），我以為絕不可能變成有錢人，也不可能出名。然而，那原來只是表面上。為什麼？為什麼？

打從但馬先生提出開個展的建議起，你好像就變得很愛漂亮。首先，你開始去看牙醫。你的蛀牙多，一笑起來就像個老頭子，但你以前毫不介意，即使我勸你去看牙醫，你也總是開玩笑說：沒關係，等牙齒全都掉光了就裝上整排假牙，否則金牙閃閃發亮萬一被女孩子愛上那怎麼得了云云，始終不肯整理牙齒。結果不知是吹了什麼風，你居然開始利用工作空檔，頻繁出門看牙醫，然後亮著一顆又一顆的金牙回來。我如果說：來，笑一個看看，你滿臉鬍子的臉孔就會漲紅，用難得軟弱的語氣辯解說，都是但馬那老傢伙嘮嘮叨叨非要我去。你的個展，在我嫁至淀橋的第二年秋天舉辦。我非常高興。你的畫作能夠受到更多人喜愛，是多麼令人欣慰的喜事啊。這也表示我頗有先見之明不是嗎？然而，報紙上那樣大肆吹捧，展出的畫作據說全部賣光，知名的畫壇大師也來信致意，一切太順遂，反而讓我恐懼。雖然你和但馬先生都一再強烈要求我去會場參觀，但我渾身顫抖，躲在家裡拼命編織。光是想像你的那些畫作二、三十幅一字排開，被眾人圍觀的情景，我就泫然欲泣。我甚至在想，這樣的好事，這麼早就一下子大量降臨，肯定會發生什麼壞事。每晚我都在向神明道歉。我默默祈禱：拜託，幸福到此為止就已足夠，今後請保佑他的身體健康，不要發生厄運。你每晚都在但馬先生的邀約下，到處去拜訪畫壇大師。有時甚至徹夜不歸，我絲毫不以為意，但你卻詳細向我解釋前一晚的經過，你變得完全不像以往沉默寡言的你，開始無聊地搬弄口舌批評某老師如何如何，或者人家有多麼愚蠢云云。之前我與你生活二年，從來不曾聽你背後批評他人。不管某某老師怎麼樣，你不是一向以唯我獨尊的態度漠不關心嗎？而且，你似乎是努力想藉由那樣的饒舌說服我相信，前一晚你沒有做任何虧心事，但你其實根本不需要做那種怯懦迂迴的辯解，我也不是不解世事在溫室長大的花朵，只要你明白講清楚，就算我會難受一天，事後反而會比較輕鬆。因為我才是你一輩子的妻子。對於那方面，我並不信任男人，但也不至於成天疑神疑鬼。如果是那方面，我倒是一點也不擔心，甚至可以一笑置之，問題是還有其他更令我難過的事。

我們突然發財了。你也變得異常忙碌。你受到二科會的歡迎，成為會員。於是你開始嫌棄公寓簡陋羞於見人。但馬先生也頻頻勸我們搬家，還出餿主意說，住在這種破公寓，會影響到世人對你的信任，不說別的，首先畫作價錢就永遠無法升值，不如咬牙租個大房子。連你也跟著意氣昂揚說出卑劣的發言：「沒錯，住在這種破公寓，別人永遠看不起我。」我很驚訝，也非常失望。但馬先生騎著自行車四處奔走，替我們找到三鷹町這棟房子。年底我們就帶著寥寥無幾的行李，搬來這棟大得嚇人的房子。你在我不知道的時候悄悄去百貨公司買了一大堆氣派的家具，那些東西一一被百貨公司送來，我看了很鬱悶，接著感到悲哀。這樣豈不是和那些理所當然的暴發戶沒什麼兩樣？然而，我不想掃興，還是努力裝出開心的樣子雀躍歡呼。不知不覺，我已變成那種面目可憎的「夫人」。你甚至提議要雇用女傭，但唯有那個，我死都不肯，堅決反對。我無法對別人頤指氣使。搬家之後，你立刻讓人印刷了三百張賀年片兼搬家通知。三百張！你什麼時候認識了那麼多朋友？在我看來，總覺得你走在危險的高空鋼索上，不免提心吊膽。我擔心很快就會有壞事發生。你並不是那種可以靠著庸俗交際獲得成功的人。這麼一想，我越發忐忑，每天都過著不安的日子，但你不僅沒有失敗，反而不斷有好事降臨。是我錯了嗎？我的母親也開始三不五時來訪，每次，都會帶來我的衣服和存摺，她看起來心情很好。至於我父親，起初遷怒公司會客室那幅畫，據說把畫丟到公司的儲藏室，但這次，據說他把畫拿回家，換了一個高級畫框，如今掛在他的書房裡。池袋的大姊也寫信來，讚美你很能幹。來訪的客人變多了。客廳有時甚至擠滿訪客。那種時候，你快活的笑聲，我在廚房都聽得見。你真的變得很饒舌。以前你那麼沉默，所以我一心以為，啊，這個男人，雖然什麼都知道，卻認為一切都很無聊，所以才能這樣永遠保持沉默。看來我錯了。你在客人面前，會講出很無聊的話。你剽竊前一天剛從客人那裡聽來的繪畫論，當成自己的意見煞有介事地陳述，或者，如果我對你提到幾句我看完小說的感想，隔天，你就會把我的淺見原封不動地搬出來，故作清高地對客人說，「就連莫泊桑，面對信仰畢竟還是會畏怯。」我本來端了茶準備去客廳，當下簡直羞愧得呆住了。你以前，其實只是無知吧。對不起。我自己也同樣無知，但我自認至少還擁有自己的想法，可你要不就是完全不開口，要不就是只會鸚鵡學舌模仿別人。可是，你卻不可思議地成功了。那年的二科展，你甚至得到報社獎，那家報紙，對你極盡讚美之能事，那些阿諛之詞我甚至不好意思在這裡說出來。孤高，清貧，思索，憂愁，祈禱，夏凡納[1]，還有其他種種。後來你與客人針對那篇新聞報導大發議論，你居然坦然自若地說，報導內容還算中肯。天啊，你怎麼好意

1 夏凡納（Pierre Puvis de Chavannes，一八二四—一八九八），法國象徵主義畫家。

思講出這種話。我們並不清貧。要我拿存摺給你看嗎？自從你搬來這裡之後簡直像變了一個人，開始成天把錢掛在嘴上。客人委託你作畫時，你總是毫不羞愧地提起價錢。你還告訴客人，先講清楚價錢，事後才不會起糾紛，這樣彼此也比較舒服云云。我不小心聽見後，還是覺得很噁心。你為什麼對金錢那樣斤斤計較？只要能畫出好作品，我認為生活自然也會過得去。做自己喜歡的工作，不為人所知，貧窮儉樸地過日子，才是最快樂的生活。我不需要錢也不需要別的。在我心中，只想抱著遠大的自尊，低調地活著。你甚至連我的皮夾都要檢查。如果領到錢，你就會把錢分成兩份，分別放進你的大皮夾和我的小皮夾。你在自己的皮夾放入五張大鈔，再把一張大鈔折成四折塞進我的皮夾。剩下的錢，你會存到郵局和銀行。每次，我只是在一旁冷眼旁觀。記得有一次，我忘記把放存摺那個書櫃抽屜鎖上，你發現之後，打從心底不高興地對我抱怨，說這樣很不妥當，我聽了很難過。如果你去畫廊領錢，往往要到第三天才回來，那種時候，你會在三更半夜醉醺醺地大聲拉開玄關門，一進屋就說，「喂，還剩下三百圓喔，妳快來數一數！」你竟然講出這麼可悲的話。那是你的錢，不管你花掉多少又有什麼關係。想必偶爾心情不好時也會想揮霍一下，這是人之常情。如果全都花光了，你是怕我會失望嗎？我當然很感謝有錢可用，但我不會整天只想著那個過日子。只剩下三百圓拿回家還得意洋洋的你，那種心情在我看來異常可悲。我一點也不想要錢。也沒有想買什麼、吃什麼、看什麼的欲望。家裡的用具，大抵都是湊合著廢物利用，衣服也會重新染色或修改，所以一件新衣都不用買。不管怎樣，我都能生活。就連一個毛巾架，我也不想買新的。因為那是浪費。你不時會帶我去市內享用昂貴的中國料理，可我一點也不覺得好吃。我只覺得坐立難安很不自在，真是糟蹋錢，很浪費。與其給我三百圓或請我吃中國菜，我寧可你在這屋子的庭院替我搭個絲瓜架，我會更開心。四坪房間的簷廊西曬非常強烈，如果搭個絲瓜架想必剛剛好。但是無論我怎麼拜託你，你總是說叫園丁來處理就好，始終不肯自己動手。我就是不想像有錢人一樣雇用什麼園丁。我希望你自己做，可你總是說好好好，明年做，結果直到今天還是沒有動手。你對自己非常捨得、揮金如土，但對別人，總是故意裝傻。記得有一次，你的朋友雨宮先生因妻子生病前來求助，你還特地把我喊到客廳，一本正經地問我，家裡現在有錢嗎？我聽了，簡直好氣又好笑，不知如何反應。見我面紅耳赤吞吞吐吐，你居然還好意思調侃我：別隱瞞了，到處找一找應該找得出二十圓吧？我不禁大吃一驚。只為了二十圓！我認真看著你的臉。而你，抬起一隻手，彷彿要揮開我的視線，說：總之妳快點借給我，別這麼小氣。然後你轉向雨宮先生，笑著說，彼此都是窮人，碰上這種時候真難過。我簡直目瞪口呆，再也不想開口。你根本和清貧扯不上干係。至於憂愁，如今的你，哪裡有那麼優美的影子？正好相反，你是個自私任性的樂天派。每天早上，你不是都在洗手間大聲唱什麼宮城縣民謠嗎？害我都不好意思面對鄰居。祈禱？夏凡納？我認為你不配用這種字眼。孤高？難道你沒發現你只是活在跟班們的阿諛拍馬屁之中嗎？你被來訪的客人們稱為老師，把別人的畫作貶得一文不值，好像沒有任何人跟你走同樣的路，但如果你真的這麼想，根本不需要那樣拼命講別人壞話來徵求客人的同意。即便只是客人當場隨口敷衍的贊同，你也希望得到。那樣有哪點孤高？就算沒有讓來訪者折服又有什麼關係。你是個大騙子。去年你脫離二科會，另行成立新浪漫派這個團體時，我一個人不知感覺有多麼悲哀。因為你集結了平日被你私底下狠狠嘲笑、蔑視的一群人組成那個團體。你完全沒有主見。在這世上，像你這種生存方式，果然才是正確的嗎？葛西先生來訪時，你們兩個一起批評雨宮先生，忿忿不平地嘲笑他，可是雨宮先生在場時，你對雨宮先生卻非常溫柔體貼，一臉感激（完全聽不出是在說謊）地說，果然只有雨宮先生才是真正的朋友。然後你開始嚴厲批判葛西先生的態度。世上的成功者，全都做著像你一樣的行為嗎？虧你們那樣也能一帆風順地活下去，對此，我既感到恐懼，亦感不可思議。肯定會有壞事發生。發生了最好。我甚至在心中暗自祈禱，無論是為了你，或是為了證明神的存在，拜託請發生一件壞事吧。然而，壞事沒有發生。一次也沒發生。依然好事連連。你那個團體舉辦的第一屆美展，似乎廣受好評。我聽到賓客們議論，你畫的菊花圖，心境越發澄明，高潔的愛情散發馥郁芬芳云云。為什麼會變成那樣？我深感不可思議。今年正月，你第一次帶著我，去最熱心支持你畫作的那位岡井老師住處拜年。老師雖然是知名的畫壇大師，卻住在比我們家還小的房子。我認為那才是真正的大人物。老師的體型肥胖，看起來穩如泰山，盤腿而坐，透過眼鏡冷然凝視我。他那雙大眼睛，才是真正孤高者的眼睛。我就像第一次在父親公司寒冷的會客室見到你的畫作時一樣，渾身不停顫抖。老師說話非常單純，絲毫不顯拘泥。他看著我，開玩笑說，噢，你這妻子不錯，似乎是來自武士家庭喔。結果你居然當真，還驕傲地說，是的，內人的母親祖上有武士血統，害我捏了把冷汗。我母親怎會有武士血統？我父母明明都是道地的平民。再過幾天，你該不會在別人的奉承下，宣稱你的岳母是皇室貴族吧？真是太可怕了。即便是老師這樣的人物，都無法看穿你全部的陰謀，讓我感到很不可思議。這世間，大家都是如此嗎？老師說你最近的工作想必很辛苦，還頻頻慰勞你，但我想起你每天早上扯著破鑼嗓子大唱民謠小調的模樣，忽然整個人都糊塗了，只覺得太可笑，甚至差點當場噗哧笑出來。從老師家離開後，還沒走到一百公尺，你就狠狠踢沙子說，啐！只會對女人甜言蜜語！把我嚇了一大跳。你太卑鄙了。剛剛還在那位畫壇大師面前卑微地點頭哈腰，一轉身就這樣講人家壞話，你簡直是瘋子。從那時起，我就萌生和你離婚的念頭。我再也忍不下去了。你肯定錯了。我心想，但願厄運降臨就好了。然而壞事還是沒有發生。你甚至忘了但馬先生昔日的恩情，對朋友說，但馬那個白痴又來了。不知幾時，但馬先生似乎也聽說了你這番話，自己主動笑著說「白痴但馬又來打擾了」，從後門坦然自若地走進來。你們的行為，我已經完全看不懂了。身為一個人的自尊到底去哪了？我們離婚吧。我甚至懷疑你們全都串通一氣私下嘲笑我。日前，你針對新浪漫派的時局意義云云上了廣播節目。我正在起居室看晚報，忽然聽到收音機提到你的名字，接著是你的聲音出現。於我而言，那彷彿是陌生人的聲音。那是多麼不潔又汙濁的聲音啊。我覺得你真是可憎。我已經可以從遠處明確批判你這個男人了。你只是個普通人。今後，想必你會一帆風順繼續風光吧。無聊透頂。聽到你說出「我能夠有今日成就」這句話，我立刻關掉收音機。你到底以為你是什麼人啊？你該感到羞愧！「能夠有今日成就」這種可怕無知的話，請你不要再說第二次！唉，真希望你趕快失敗出醜。那晚，我很早就睡了。關了燈，獨自仰臥，背脊下方忽有蟋蟀拼命鳴叫。是在地板底下叫，但那位置正好位於我的背脊下方，因此我覺得好像是我的脊椎中有小小的蟋蟀在叫。這細小幽微的聲音，我想銘記終生，藏在脊椎中好好活下去。在這世上，想必你才是對的，我是錯誤的，但我到底是在哪犯了什麼樣的錯，我怎麼想都想不透。

千代女

女人果然就是不中用啊。在女人當中，或許只有我一個人特別糟糕，總之我深深覺得自己不中用。雖然這麼說，但內心一隅，還是覺得好歹有一個優點吧，這種依賴自己的頑固脾性根深蒂固，烏壓壓地梗在心頭，最後連自己都搞糊塗了。現在，我就好像頭上罩著一口生鏽的鐵鍋，只覺得非常沉重，分外惆悵。我想，一定是我太笨了。我真的很笨。明年我就要十九了。我已非小孩。

十二歲時，住在柏木的舅舅把我的作文投稿到《青鳥》雜誌，結果獲選為一等，評審老師還大力讚美我令我不勝惶恐，從那之後，我就不行了。都是因為當時的作文太丟人。那種文章真的好嗎？到底好在哪裡？那是一篇題目為〈跑腿〉的文章，描寫我替父親跑腿去買蝙蝠牌香菸時的小小經過。從香菸攤的大嬸手中接過五盒香菸時，我看全是綠色太冷清，於是退還一盒，換成紅色盒子的香菸，結果這下子錢不夠，令我不知如何是好。大嬸笑了，說下次給沒關係，我聽了很開心。綠色盒子上，疊了一個紅色盒子，放在手心，就像櫻草一樣美麗，我滿心興奮，連路都不會走了。內容就是寫這些，感覺很幼稚，太天真，所以我現在回想起來很反感。後來，我又在舅舅的建議下寫了〈春日町〉這篇文章投稿，但這次不是刊登在讀者投書欄，而是在雜誌第一頁以大號鉛字刊登。那篇〈春日町〉，寫的是池袋的阿姨搬到練馬的春日町，院子很大，叫我改天一定要去玩，於是我在六月的第一個星期天，從駒込車站搭乘省線電車，在池袋車站換乘東上線，在練馬車站下車，放眼望去都是稻田，我找不到春日町在哪裡，沿路向人打聽，人家也都不知道，害我很想哭。那天很熱。最後，我問一個拉著板車，車上堆滿汽水空瓶，年約四十的男人，那人聽了落寞地笑了，停下腳步，用鼠灰色的髒毛巾擦拭滿臉汗水，一邊反覆呢喃春日町、春日町。然後，男人是這麼說的，「春日町，離這裡很遙遠。必須從練馬車站搭乘東上線去池袋，在那一站換乘省線，抵達新宿車站後，再換乘開往東京的省線，在水道橋這一站下車。」他用生澀的日語努力說明這趟非常遙遠的路途，但那似乎是前往本鄉春日町的路徑。聽他說話，我立刻發現這個人是朝鮮人，但我因此更加感激，心情激盪。日本人就算知道也懶得麻煩，索性直接推說不知道，可是這個朝鮮人，雖然不知道，還是滿頭大汗地努力試著告訴我。我說，「叔叔，謝謝你。」然後我按照叔叔教我的路線，去練馬車站，又搭上東上線，就這麼回到家。我真的很想一路搭乘到本鄉的春日町。回家後，忽然有種悲哀的負面情緒。我把這件事老實寫下來。結果，那篇文章竟然以大字刊登在雜誌的首頁，這下子不得了了。我家位於瀧野川的中里町。父親是東京人，母親是伊勢人。父親在私立大學教授英語。我沒有哥哥和姊姊，只有一個體弱多病的弟弟。弟弟今年進入市立中學就讀。我並不討厭我的家庭，但我很寂寞。以前比較好。那時真的很好。我會盡情對父母撒嬌，老是插科打諢，逗得家中洋溢笑聲。我對弟弟也很溫柔，是個好姊姊。可是，自從我的文章刊登在《青鳥》後，我突然成了膽怯的壞孩子。我甚至開始和母親頂嘴吵架。〈春日町〉刊登在雜誌時，該雜誌的評選委員岩見老師寫了一篇比我的文章還長兩三倍的讀後感，我看了之後心情很落寞。我認為，老師被我騙了。岩見老師才是心靈比我更美好、更純淨的人。後來，在學校，教我們班的澤田老師，在作文課時把那本雜誌帶來教室，把我的〈春日町〉全文抄寫在黑板上，非常亢奮，整整一個小時不斷用激動的聲音誇獎我。我幾乎喘不過氣，眼前朦朧發黑，身體好像化為石頭，心情很恐懼。儘管受到如此讚美，可我知道自己根本沒那個價值，所以我很擔心，萬一我從此寫出拙劣的文章，被大家嘲笑，那該有多麼丟臉痛苦啊。我滿腦子都擔心那個，簡直生不如死。而且，澤田老師大概也不是真心被我的文章感動，只是因為我的文章被雜誌刊登出來，得到知名的岩見老師誇獎，所以才會那麼興奮吧。我年紀雖小，卻也大致猜想得到，所以這讓我更加寂寞難堪。我的擔心，之後果然全部成真，發生了很多痛苦丟臉的事。學校同學突然疏遠我，以前跟我最要好的安藤，甚至用帶著惡意的嘲弄口吻喊我什麼大才女一葉大師、紫式部大師，最後終於逃離我，奔向她以前很討厭的奈良與今井那些人的小集團，站在遠處不停冷眼瞄我，交頭接耳竊竊私語，然後，她們會一起放聲大笑。我決定一輩子都不寫文章了。當初實在不應該在舅舅的起鬨下隨便投稿。舅舅是我母親的弟弟，任職於淀橋的區公所，今年三十四、五歲，去年都已經有寶寶了，還自以為年輕，經常飲酒過量，好像也曾酒後誤事。他每次來，我媽似乎都會給他一點錢。我曾聽母親說，舅舅剛上大學時，本來努力用功想當小說家，學長們也對他寄予厚望，可惜交到壞朋友，最後連大學也沒念完。無論日本的小說或外國的小說他似乎都看過很多。七年前，硬是把我拙劣的文章寄去《青鳥》的，就是這個舅舅，之後那七年，動不動就欺負我的，也是這個舅舅。以前我很討厭小說。現在當然不一樣了，但當時，我的無心之作，被雜誌連續刊登二次，因此遭到朋友惡意排擠，也遭到任課老師的特殊對待令我苦不堪言，讓我真的很討厭寫作，從此即便舅舅再怎麼哄騙，我也堅決不肯投稿了。最後被他纏得受不了，我只好放聲大哭。學校的作文課，我也沒有寫一個字，只是在作文簿塗鴉畫些圓形或三角形、小人頭等等。澤田老師把我叫到辦公室，責備我不該因此得意忘形，應該自重。我聽了很不服氣。不過，幸好不久我就從小學畢業了，總算得以擺脫那種痛苦。我進入御茶水女子學校就讀後，班上沒有人知道我的無聊文章曾經入選雜誌，所以我總算鬆了一口氣。作文課時，我也隨便敷衍了事，得到普通的分數。然而唯有舅舅老是囉哩囉嗦調侃我。他每次來我家，都會帶三、四本小說來，極力勸我看一看。就算看了，對我來說內容也太艱深看不懂，因此我通常假裝看過就還給舅舅。我念女校三年級時，《青鳥》的評選委員岩見老師突然寫了一封長信給我父親。說他認為我的才華很可惜云云，那些話太羞恥了，我實在說不出口，總之，他極力誇獎我，認為我就此被埋沒會很遺憾，建議我再寫點文章，他可以幫我找雜誌發表，岩見老師用我不配得到的鄭重言詞異常認真地做出建言。父親默默將那封信交給我。我拜讀了那封信，深感岩見老師果真是位嚴肅的好老師，但是從那封信的字裡行間，我也清楚看出，背後顯然有舅舅多管閒事的干預。舅舅一定是設法動手腳接近岩見老師，使出各種計策讓老師寫這種信給我父親。絕對是這樣不會錯。「是舅舅搞的鬼。肯定不會錯。舅舅為什麼要做這麼可怕的事？」我很想哭，仰望父親，父親似乎也已看穿這點，微微頷首，「小舅子想必也是一番好意才這麼做，但我真不知道該怎麼回覆岩見先生。」父親不悅地說。父親似乎從以前就不太喜歡舅舅。我的文章入選時也是，母親和舅舅非常高興，唯有父親說，不該讓小孩做這種刺激強烈之舉，好像還罵了舅舅一頓，事後母親曾經對我發牢騷。母親雖然總是批評舅舅，可父親只要稍微講一句舅舅的不是，她就會大發雷霆。母親是個溫柔、活潑的好人，唯獨碰上舅舅的事情，經常和父親發生爭執。舅舅是我家的惡魔。收到岩見老師的鄭重來信後，過了兩三天，父親和母親終於大吵一架。晚餐時，父親說，「岩見先生既然那麼有誠意給予建議，我們也不能失禮，我想我應該帶著和子去見他，詳細說明和子的心情，好好向人家道歉才對。如果只是寫信，容易造成誤會，萬一得罪人家就不好了。」母親垂落眼簾，想了一下，「是我弟弟的錯。真的給大家添麻煩了。」她說著抬起頭，倏然用右手小指撩起碎髮，「或許是因為我們太笨，和子被那麼有名的老師誇獎，忍不住就希望今後也拜託人家照顧。如果和子有這個天分，很想讓她繼續發揮。雖然每次都會被你罵，但你也有點太頑固了吧？」母親連珠炮似地說完，露出鄙夷的淺笑。父親停下筷子，「就算發揮天分也沒啥用處。女孩子的文采，可想而知。只因為一時稀奇就大驚小怪，只會平白毀掉一生。和子自己，現在就很害怕了。女孩子還是平平凡凡地嫁人，當個好母親，才是最好的生活方式。你們只不過是利用和子來滿足自己的虛榮心和功利心。」父親用勸諭的口吻說。母親對父親說的話充耳不聞，伸手把我旁邊炭爐上的小火鍋重重放下，嚷著好燙，把右手的大拇指和食指抵在唇上，「好燙，都燙傷了。不過話說回來，我弟弟畢竟沒有惡意。」她說著賭氣地把臉往旁一撇。父親這次把碗筷都放下，「要我講幾遍妳才懂。你們這樣是要利用和子。」他大聲說，左手輕按眼鏡，然後正想繼續發話時，母親突然放聲大哭。她一邊拿圍裙擦眼淚，一邊抱怨父親的薪水、我們的治裝費……非常露骨地提及各種關於錢的問題。父親努動下顎，示意我和弟弟走開，因此我只好催促弟弟回房間，但起居室那邊，之後長達一個小時都爭吵聲不斷。母親平日是個非常隨和爽朗的人，可她一旦激動起來，就會說出讓人聽不下去的難聽話，令我很悲哀。翌日，父親從學校下班回來，好像順路去岩見老師家致謝和致歉。那天早上，父親本來建議我跟他一起去，但我很害怕，下唇不停顫抖，實在沒精神拜訪人家。那晚，父親七點左右回來告訴母親和我，岩見先生其實年紀不大，卻相當了不起，也充分體諒我們的心情，反而主動向父親致歉，說他其實並不太建議女孩子走文學這條路，雖然沒有明確指名道姓，但果然是柏木的舅舅再三請託，他無奈之下才寫信給父親。我聽了，偷偷掐父親的手，但父親從眼鏡後方悄悄擠眼對我一笑。母親似乎已完全忘記之前的爭吵，態度鎮定地對父親的敘述一一首肯，並沒有說什麼。

之後，舅舅有一段時間未再露面，即使來了，也對我異樣疏遠，很快就走了。我也把寫文章的事忘得一乾二淨，放學回來就打理花壇，幫大人跑腿，去廚房打下手，教弟弟做功課，做針線，複習學校的課業，替母親按摩，總之相當忙碌，為了替大家服務，每天都過得很有幹勁。

暴風雨終於來臨。就在我念女校四年級時，正月新年，小學的澤田老師忽然來我家拜年。父親和母親不知是覺得老師是稀客，還是很懷念他，非常歡喜地接待他，澤田老師說他已經辭去小學的教職，如今四處當家教，過著悠然自在的生活。然而就我的感覺而言，很抱歉，他看起來一點也不悠然，照理說他應該和舅舅同齡，看起來卻像年過四十，不，甚至像快要五十歲的人。以前他雖然就長相老成，但這四、五年闊別期間，他好像一下子老了二十歲，整個人變得很憔悴蒼老，甚至沒力氣笑，勉強試圖擠出笑容時，徒然在臉頰形成苦澀死板的皺紋。我不僅心生同情，甚至感到有點詭異。他的頭髮還是一樣剃得很短，卻已白髮叢生。他的態度一反從前，拼命奉承我，讓我不知所措，漸漸感到喘不過氣。什麼長得好看啦個性溫婉啦，他的阿諛之詞簡直讓人聽不下去，對我客氣得就像我是他的上司。當著我父母的面，他嘮嘮叨叨很噁心地提起我小學時代的舊事，連我好不容易才忘記的投稿往事也拿出來炒冷飯，他說很惋惜我的才華，還說當時他對兒童作文也不太關心，不知道藉由作文來培育童心的教育方法，但是現在不一樣了。關於兒童作文他已有充分研究，對那種教育方法也很有自信。「怎麼樣，和子同學，要不要在我的嶄新指導下再次學習寫作？我一定會把妳培育成才！」說到最後他已醉得很厲害，誇張地大發豪語，最後，甚至還纏著我非要我跟他握手，我的父母雖然面上含笑，內心似乎都已束手無策。然而，當時澤田老師酒醉後的提議，並不只是隨口開玩笑。過了十天左右，他再次一臉嚴肅似乎有什麼大事地登門來訪，劈頭就說，「好，那我們就一點一點開始寫作的基本練習吧。」我當下慌了手腳。事後我才知道，澤田老師在小學因學生的升學考試引發問題，遭到解僱，之後日子過得很不如意，只好一一造訪昔日教過的學生家庭，硬是強迫推銷地毛遂自薦當家教，藉此賺錢餬口。正月來過我家後，他似乎立刻偷偷寫了一封信給我母親，大肆讚美我的文學天分，並且舉出當時流行的作文及天才少女的出現等例子慫恿我母親。母親打從之前就對我的寫作沒有完全放棄希望，於是回信請澤田老師每週來家教一次，在父親面前，她極力堅稱這樣是為了稍微接濟澤田老師的生活，父親似乎也覺得澤田老師曾經教過我，不大好意思拒絕，於是就不情不願地同意讓澤田老師來做家教。澤田老師每週六來我家，在我房間鬼鬼祟祟講的都是些很可笑的事情，讓我真的很受不了。「要寫文章，首先，就必須正確使用格助詞——」他把這種理所當然的常識當成天大的要務反覆提及，他舉例說，「太郎玩院子，這是錯的。太郎到院子玩，這也是錯的。應該說太郎在院子玩。」我聽了，忍不住吃吃笑，他就用異常怨恨的眼神，像要在我臉上瞪出窟窿似地死盯著我，然後長嘆一口氣說，「妳欠缺誠實，就算才華洋溢，人如果不誠實，做任何事情都不會成功，妳聽說過寺田正子這個天才少女嗎？她出身貧窮，想念書都買不起一本書，過著拮据的生活非常可憐。但她最起碼很誠實，知道要聽從老師教誨，因此，才能寫出那麼偉大的名作，對於教她的老師而言，那是多麼有意義的事業啊，如果妳也能稍微誠實一點，那我絕對可以把妳培養成寺田正子，不，妳的家庭環境比她好多了，肯定可以把妳培養成更偉大的文學家，我自認在某方面比寺田正子的老師更進步，那就是德育。妳聽說過盧梭這個人嗎？尚－雅克．盧梭，生於一六〇〇年，不，一七〇〇年，一九〇〇年，妳笑吧，儘管笑吧，妳太仗恃自己的才華，看不起自己的老師。古時候中國有個人叫做顏回……」如是云云，他滔滔不絕講了一個小時後，若無其事地打住，說聲「那我們下次再繼續」就走出我的房間，去起居室和母親閒聊兩句後告辭。小學的時候老師好歹照顧過我，這樣批評他好像不太應該，但我真的認為澤田老師已經老年痴呆了。「寫文章最重要的就是描寫，如果不會描寫，人家看不懂妳在寫什麼……」諸如此類理所當然的廢話，他居然還能一邊看著小記事本一邊滔滔不絕。「比方說要形容此地下雪時，」他說著把記事本塞進胸前口袋，倏然望著窗外細雪宛如戲劇情節般紛紛飄落的情景說，「不能形容大雪嘩啦啦落下。那樣沒有下雪的意境。大把大把灑落，這也不對。那麼，如果說翩然落下，這個怎麼樣呢？還是差了一點味道。沙沙落下，這個接近了。漸漸接近下雪的感覺了。這很有意思。」然後他一個人搖頭晃腦一臉感嘆地交抱雙臂，「簌簌落下如何？這簡直是在形容春雨嘛，還是沙沙落下好，最後該再來個結尾嗎？有了，沙沙沙地飄然落下，這樣接續也不錯。沙沙沙地飄然落下……」他低聲呢喃，彷彿要仔細品味那種形容詞般瞇起眼。可是下一秒，他又忽然說，「不，還是差了一點，啊啊，大雪似鵝毛，紛紛散亂飛。古人的文章果然寫得對啊，用鵝毛來形容，真是太貼切了，和子同學，妳都聽懂了嗎？」然後，老師這才第一次扭頭正眼看著我。我覺得老師可憐又可恨，忽然很想哭。但我還是忍耐了整整三個月，一直接受那種可悲又毫無章法的教育，但是最後，我連看到澤田老師都倒胃口，終於向父親和盤托出一切，懇求父親不要讓澤田老師再來上課。父親聽了我的敘述說，這倒是意外。父親本來就反對給我請家教，只是看在接濟澤田老師的份上才妥協，勉強同意聘請老師來家裡上課，沒想到老師居然那麼不負責任地教授作文，父親還以為每週一次的課程至少能幫助我學業進步。於是他立刻和母親爆發嚴重的爭執。我在房間聽著起居室的爭吵，不禁大哭一場。為了我的事，引發如此騷動，我覺得自己真是天底下最不孝的壞女兒。我也曾想過，與其如此，不如專心學習作文和小說，讓母親高興一下也好，但我就是不行。我完全寫不出來。什麼文學天分，打從一開始就沒有。就像下雪的形容詞，肯定也是澤田老師比我更厲害吧。我自己什麼都不會，還好意思嘲笑澤田老師，真是一個蠢女孩。就連沙沙作響、簌簌飄落這些形容詞，我壓根都想不出來。聽著起居室的爭吵，我深深感到自己是個沒用的女兒。

那次，母親最後吵不過父親，澤田老師也就此消失，但壞事還是接連發生。在東京的深川，有個名叫金澤富美子的十八歲女孩寫出非常精彩的文章，贏得社會的熱烈好評。那個人的書，據說比任何偉大小說家的書都賣得更好，一下子成了大富翁，住在柏木的舅舅就像自己變成大富翁似地得意洋洋來我家，告訴母親這些消息，母親聽了也很興奮，她說，和子如果肯寫也明明有能寫的才華，為什麼非要這麼拗？如今和以前不同了，不能因為自己是女人就整天大門不出二門不邁，不如讓柏木的舅舅來教妳，寫點文章試試，柏木的舅舅可不像澤田老師，他是念過大學的人，這點不管怎麼說，都很值得信賴，如果寫文章可以賺那麼多錢，那妳爸爸肯定也會睜一隻眼閉一隻眼。母親一邊收拾著廚房，非常意氣昂揚地說。舅舅從那時起，又開始幾乎天天來我家報到，把我拽到房間，叫我先寫日記，把所見所感如實寫下來，他說那就已是道地的文學了。然後他又講了很多深奧的理論，但我完全沒有寫作的意願，總是心不在焉地左耳進右耳出。母親的亢奮向來都是三分鐘熱度，所以當時的興奮也只持續了一個月左右，之後她就忘了這回事，唯有舅舅，不僅沒有退燒，還嚴肅地說，這次，我已下定決心要認真讓和子成為小說家，到頭來，和子除了成為小說家之外沒有別的出路，如此冰雪聰明的孩子，可不能隨便做個平庸的人妻，除了放棄一切獻身藝術之外別無他法云云，舅舅趁著父親不在家，大聲地這麼勸說我和母親。母親聽舅舅講得那麼嚴重，似乎心情也不太好，只是寂寞地笑著說，是這樣嗎，這樣和子豈不是太可憐了？

舅舅說的話，或許是對的。翌年我從女校畢業，換言之，如今，雖然我對舅舅那惡魔般的預言恨得要死，或許內心深處還是悄悄認同，覺得他說的不無道理。我是個沒用的女人。八成是太笨了。我自己都漸漸不懂自己了。從女校畢業後，我突然變了一個人。每天都過得了無生趣。無論是幫忙料理家事，打理花壇，練習彈琴，照顧弟弟，一切的一切，似乎都顯得可笑，我背著父母，開始偷偷沉溺於低俗的言情小說。小說這種東西，為什麼寫的都是人家的祕密罪惡呢？我成了一個鎮日抱著淫亂幻想的不潔女子。現在，或許正是我該聽從舅舅以前的教導，把所見所感如實寫出來向神明道歉的時候，但我沒那種勇氣。不，是沒那個才華。的確就像是頭上扣著一口生鏽的鐵鍋，徒有滿腔惆悵落寞。我什麼都寫不出來。最近，我也想過嘗試寫作。日前我偷偷提筆，以睡眠箱為題，在本子上寫了一段某晚發生的故事，拿給舅舅看。結果舅舅還沒看到一半就把本子一扔，神色很冷淡。他一本正經地說，和子，妳該放棄成為女作家的幻想了。之後，舅舅開始苦笑著忠告我，文學這種東西必須有特殊才華才管用。反而是父親，現在倒是隨和地笑著對我說，喜歡的話就嘗試看看也無妨。母親不時在外面聽到金澤富美子及其他女孩一夜成名的消息就會很興奮，她說，和子如果肯寫明明也寫得出來，就是沒有毅力才會一事無成，以前加賀有個千代女，起初去師傅那裡學習俳句時，師傅叫她先以杜鵑為題創作俳句，她立刻寫了很多首拿給師傅點評，但師傅看了始終不肯點頭，於是千代女苦思整晚，驀然回神才發現已經天亮了，於是她隨手寫下「杜鵑復杜鵑，沉吟至天明」，寫完拿給師傅看，師傅終於誇獎她：千代女寫得好！可見做任何事都需要有毅力。母親說完喝了一口茶，然後低聲嘀咕，「杜鵑復杜鵑，沉吟至天明……原來如此，果然寫得好！」一個人嘖嘖讚嘆。媽，我不是千代女。我寫了一篇「什麼都寫不出來的低能文學少女，鑽進暖桌看雜誌就昏昏欲睡，因此以為暖桌是人類的睡眠箱」的小說給舅舅看，舅舅看到一半就不屑一顧。事後我自己重讀，的確是很無聊的內容。到底該怎樣才能寫出精彩的小說呢？昨天，我偷偷寫信給岩見老師。我在信上懇求老師不要拋棄七年前的天才少女。我想，也許我馬上就要瘋了。

輯二　殘缺

人生今後才開始呢，問題是，眼下，毫無線索。

姥捨

1

就因為那時候——

「沒關係。我會好好做個了斷。打從一開始我就有覺悟了。真的。」她以怪異的聲音呢喃。

「那怎麼行。妳所謂的覺悟我也知道。妳打算一個人尋死吧，再不然，就是自暴自棄地隨波逐流，我猜八成就是這樣。別忘了妳還有父母，也有弟弟。我既然知道妳有那種打算，就不能眼睜睜看著妳去做傻事。」如是云云，嘉七講著好像很通情達理的說詞，忽然他也不想活了。

「那就死吧。一起去死。神也會原諒我們的。」

二人開始嚴肅地收拾東西。

與他人有了肌膚之親的妻子，和荒廢日常生活以至於把妻子逼到做出那種行為的丈夫，似乎是試圖透過死亡來鞏固彼此的感情。這是早春的一日。這個月的生活費有十四、五圓。那筆錢，二人也悄悄帶上了。另外，只有二人的替換衣物，嘉七的棉袍，和枝的一件夾衣，二條腰帶，就只剩這些。用包袱巾一裹，和枝抱著包袱，夫妻倆難得並肩出門。丈夫沒有穿披風，而是身穿久留米藍染和服搭配鴨舌帽，脖子上圍著深藍色絲質圍巾，唯有木屐潔白嶄新。妻子也沒有穿大衣，她的大褂與和服同樣都是藍染箭矢花紋的銘仙布料，淺紅色外國布料製的披肩，不搭調地包裹著上半身。夫妻倆在當鋪前方不遠處分頭行事。

正午的荻窪車站，人們悄然進出。嘉七默默站在車站前抽菸。只見和枝不安地東張西望尋找嘉七，倏然發現嘉七的身影後，幾乎是連滾帶爬地跑過來。

「成功了。超級成功！」她很興奮。「他一出手就借給我十五圓。真傻。」

這個女人不會死。不能讓她死。她沒有像我一樣被生活壓垮。她還保有活下去的力量。她不是該死的人。她只是嘴上說著想死，但她應該有理由向世人辯解。光是這樣，就好。這個人，應該會被原諒吧。那就好。我一個人去死就好。

「那妳可立下大功了。」嘉七微笑誇獎她，很想輕拍她的肩膀。「加起來不就有三十圓了。足夠我們做一趟小旅行。」

二人購票前往新宿。在新宿下車後直奔藥房。在那裡買了一大盒安眠藥，之後

1 姥捨，日本民間傳說中將高齡老人揹到深山拋棄的習俗。

又去別家藥房買了一盒另一種安眠藥。嘉七讓和枝在店外等候，自己含笑進去買藥，因此藥房並未起疑。最後去三越百貨，前往藥品部，趁著店內人潮雜沓時，嘉七變得比較大膽，一次就買二大盒。看起來眼珠黑幽幽、一絲不苟的瘦臉女店員，略顯狐疑地蹙眉。臉色不大好看。嘉七見了，赫然一驚，一時之間也擠不出微笑。藥品被冷冷地遞過來。女人正伸長脖子盯著我們的背影！明知如此，嘉七故意與和枝緊緊依偎著走在人潮中。即使自己如此坦然行走，在旁人看來，想必還是帶了一抹異樣的影子。嘉七感到可悲。在三越時，後來和枝又去特賣會場買了一雙白色足袋，嘉七買了高級外國香菸，這才離開。二人搭乘計程車前往淺草。走進電影院，正在上映《荒城之月》這部電影。片頭出現鄉下小學的屋頂和柵欄，傳來小孩的歌聲。嘉七受到觸動，潸然淚下。

「據說情侶們，」嘉七在黑暗中笑著對妻子說。「都是一邊看電影，一邊這樣手拉著手。」出於憐憫，他用右手把和枝的左手拉過來，蓋上自己的鴨舌帽，在帽子底下緊握和枝的小手，但是夫妻倆畢竟正陷入痛苦的僵局，此舉，只讓人感到不潔，心生恐懼，嘉七倏然鬆手。和枝低笑。不是嘲笑嘉七笨拙的玩笑，是笑電影無聊的搞笑。

她連看個電影都能夠如此幸福，是個質樸的好女人。不能害死這個女人。這樣的人如果死了，是大錯特錯。

「我看就別尋死了吧？」

「行啊，隨便你。」她痴迷地看著電影，明確地回答。「反正我本就打算一個人去死。」

嘉七感到女體的不可思議。走出電影院時，天色已暗。和枝說想吃壽司。嘉七覺得壽司很腥，不愛吃。況且今晚，他想吃更昂貴的食物。

「壽司不好吧。」

「可我就是想吃嘛。」讓和枝學會任性這種美德的始作俑者，正是嘉七。當初就是他趾高氣昂地用「忍氣吞聲的神情有多麼不純真」為例證，如此教育和枝。

現在全都報應到自己身上了。

在壽司店喝了一點酒。嘉七叫了炸牡蠣。這將是在東京的最後一餐，他如此告訴自己，不由苦笑。妻子正在吃鮪魚海苔捲。

「好吃嗎？」

「難吃。」她彷彿衷心厭惡似地說，然後又往嘴裡塞了一塊，「啊啊難吃死了。」

夫妻倆都很沉默。

走出壽司店，他們去了相聲館。館內客滿已無座位。觀眾多得幾乎從門口溢出，只能互相挨挨擠擠站著觀賞，即使如此，眾人還是不時哈哈哈一同放聲大笑。被觀眾推擠著，和枝已與嘉七隔了九公尺之遙。和枝的個頭小，要從成堆的觀眾之間窺見舞台似乎非常辛苦。她看起來像個鄉下小女傭。嘉七也被觀眾推擠著努力挺直腰桿，無助地搜尋和枝的身影。他凝視和枝的時間甚至多於觀看舞台。和枝將黑色的包袱緊抱在懷中，包袱裡也放著那些藥品，她雖然腦袋動來動去急於看清舞台上的藝人表演，偶爾也會忽然轉頭搜尋嘉七。即使彼此的視線倏然對上，二人也沒有微笑。只是一臉若無其事，然而，還是感到安心。

那個女人，對我照顧良多。這點絕不可忘記。一切都該由我負責。社會大眾如果指責她，那我無論如何都得保護她。她是好人。這個我知道。我相信。

這次的醜事？啊，不行，不行。我不能一笑置之。不可以。唯獨那件事，我無法心平氣和。我受不了。

原諒我。這是我最後的自私。理性上可以理解，但是感情上就是無法忍受。我實在受不了了。

笑聲一波波洋溢館內。嘉七朝和枝使眼色，相偕走出相聲館。

「去水上吧。」去年整個夏天，他們都在從水上車站徒步走山路約需一小時才能抵達的谷川溫泉這個山中溫泉區度過。其實那是異常痛苦的夏天，但痛苦過度，如今反而如濃墨重彩的風景明信片般化為甘美回憶。午後雷陣雨籠罩的山巒與河川，令人憂傷欲死。聽到要去水上，和枝突然變得生氣蓬勃。

「啊，那我得去買點炒栗子。大嬸一直說好想吃好想吃。」和枝很愛對那個旅館的老太太撒嬌，同時，似乎也頗受老太太寵愛。幾乎像是業餘經營的民宿，只有三個房間，也沒有室內浴池，必須去隔壁的大旅館泡溫泉，或者在下雨時撐著傘，若是晚間就提著燈籠或拿蠟燭，走下山谷去河邊的小露天溫泉。老夫婦似乎沒有孩子，不過三個房間偶爾還是會客滿，那種時候老夫婦就會慌了手腳忙得團團轉，和枝好像也會去廚房不知是幫忙還是幫倒忙。供應的餐點也出現鮭魚子或納豆之類的東西，並非一般旅館常見的料理。嘉七倒是覺得住起來很舒坦。某次老太太鬧牙疼，嘉七看不下去，給她吃阿斯匹靈，結果太有效，老太太昏睡不起，平日就很疼愛妻子的老先生，擔心地走來走去六神無主，惹得和枝大笑。還有一次，嘉七獨自低著頭在旅館附近的草原無所事事走來走去，驀然朝旅館門口一看，只見昏暗的玄關樓梯下方的拼木地板上，老太太縮成一團呆坐，恍恍惚惚望著嘉七，那成了嘉七珍貴的祕密之一。說是老太太，其實看起來年約四十四、五，長相優雅福態，是個溫婉的女人。丈夫似乎是入贅。就是那樣的老太太。和枝去買炒栗子了。嘉七慫恿她多買一點。

上野車站有種故鄉的味道。嘉七總是提心吊膽，擔心會不會遇上哪個同鄉。尤其這晚，似乎是商店夥計和女傭休假的日子，那種打扮的人四處打轉，令他更加害怕旁人注目。在商店，和枝買了一本《摩登日本》的偵探小說專題號，嘉七買了小瓶威士忌。然後他們鑽上十點半開往新潟的火車。

在相向的座位安頓好後，二人微微一笑。

「欸，我這副打扮，大嬸會不會覺得奇怪？」

「管她的。只要說我們本來是去淺草看電影，回程妳老公喝醉了，非要去水上找大嬸，所以只好直接過來，這樣就沒事了。」

「也對。」和枝坦然自若。

她隨即又開口。

「大嬸八成會嚇一跳吧。」直到火車啟動前，她好像還是忐忑不安。

「肯定會很高興啦。」發車了。和枝忽然神色僵硬，眼珠子一轉，瞄向月台，這下子不用再猶豫了。或許是膽子大了，她解開膝上的包袱取出雜誌開始翻閱。

嘉七雙腳發軟，唯有心臟不舒服地跳得飛快，他抱著吃藥的心情喝了一口威士忌。

只要有錢，其實根本不用讓這女人死掉。如果那個男人的態度能夠明確一點，這件事本來可以用另一種形式解決。慘不忍睹。這個女人的自殺，毫無意義。

「喂，我是好孩子嗎？」嘉七沒頭沒腦地說。「我是不是只想自己扮演好孩子？」

聲音太大，令和枝有點驚慌，隨即皺起眉頭生氣。嘉七見了，怯懦地嘻嘻笑。

「不過，」他裝瘋賣傻，刻意超乎必要地壓低嗓門，「妳還不算太不幸啦。因為妳畢竟是個普通女人。不好也不壞，本質上就是普通的女人。但我不同。我是個人渣。看樣子，比普通人還糟糕。」

火車經過赤羽，經過大宮，在黑暗中不斷奔馳。被威士忌的醉意及火車的速度激發，嘉七變得格外饒舌。

「即使遭到老婆嫌棄，依舊毫無辦法，只能跟前跟後緊盯著老婆打轉，這樣有多麼窩囊，我很清楚。很蠢。但我不是好孩子。我討厭當好孩子。我犯不著為了當好人就被女人欺騙，而且還對那女人依依不捨，被女人拖累自尋短見，最後只換來藝術圈同好一句『性情純真』，被世人批評『此人生前是個軟弱的好人』。反正我又不是要藉此博得那種毫無誠意的同情。我是背負我自己的痛苦死去。並非為妳而死。我當然也有很多過錯。我太依賴別人。太盲目相信別人的力量。這些，以及其他種種可恥的失敗，我自己都知道。我努力試圖過著一般人的正常生活，過去不知付出多大的努力，妳應該多少也知道吧？我是抓著一根救命稻草拼命活到今天的。

只要一點點重量就可能讓那根稻草斷裂，枉費我如此拼命。妳應該懂吧？不是我太軟弱，是痛苦太沉重。這是牢騷。是怨恨。然而，如果我不明確說出來，人們——不，就連妳，都會過於相信我的臉皮厚如鐵甲，只會輕蔑地以為，我這個男人成天嚷著好痛苦、好痛苦只是惺惺作態，是表演。」

和枝似乎有話想說。

「不，妳不用解釋。我不是在指責妳。妳是好人。妳永遠那麼誠實。妳是那種會如實相信字面意思的人。我不打算指責妳。就連比妳更有學問的老友們，也不了解我的痛苦，不相信我的愛情。這也怪不了旁人。換言之，是我自己太笨拙了。」他說著勉強微笑，和枝霎時得意起來。

「我知道了。別說了。如果讓別人聽到，豈不是又麻煩了。」

「妳根本什麼都不知道。在妳看來，我一定特別傻吧。我啊，現在內心深處的某個角落，或許還潛藏著想當好孩子的念頭吧，所以才會痛苦。我跟妳結婚也有六、七年了，妳一次也沒——不，我不是要用那種事指責妳。這不能怪妳。不是妳的責任。」

和枝根本沒有在聽。她默默翻閱雜誌。嘉七的神色變得凝重，對著漆黑的車窗開始喃喃自語。

「開什麼玩笑。憑什麼我要當好孩子？別人都是怎麼說我的，騙子，懶惰鬼，自戀狂，敗家子，花花公子，另外，還有多得可怕的惡名。然而，我始終保持沉默。我從未替自己辯解，因為我有我的信念。可是，那是不能說出口的。所以，終究毫無助益。我還是會思考所謂的歷史使命。光靠自己一個人的幸福活不下去。我想扮演歷史性的反派人物。猶大越壞，耶穌的善良光環就越強烈。我曾以為自己是會滅亡的人種。我的世界觀如此告訴我。我嘗試過強烈的對比。越極力強調滅亡者的惡，之後誕生的健康光環，也會越強烈地反彈。我如此深信。我為之祈禱。至於我個人的境遇，完全無所謂。我作為對比的角色，如果能對之後產生的光明稍有幫助，那我死不足惜。或許人人都在笑我，誰也沒有當真，但實際上，我就是這麼想的。我就是那麼傻。或許我錯了。或許，我還是有點高估了自己。那或許才是天真的迷夢。因為人生終究不是演戲。我已落敗，反正馬上就要死了，至少妳自己要好好活下去——這種話，可能是錯的吧。捨棄一命造成的屍臭熏人大餐，連狗都不肯吃。收到的人，搞不好還覺得是無妄之災。如果不能與眾人一同榮耀，或許就毫無意義。」但車窗自然不可能回答他。

嘉七站起來，踉蹌走向廁所。進了廁所，關上門，他稍作躊躇後，雙手合十。那是祈禱的姿勢。絕非惺惺作態。

抵達水上車站時才清晨四點。天色仍昏暗。本來擔心的積雪也已大致消融，唯車站的背陽處仍有淺灰色殘雪靜靜堆積，照這情況看來或許可以徒步走到山上的谷川溫泉，但嘉七為求謹慎還是叫醒車站前的計程車司機。

隨著車子一路攀升曲折蜿蜒如閃電的山路，漸可看出荒山野嶺覆蓋皚皚白雪，幾乎照亮黑暗天際。

「很冷呢。沒想到會這麼冷。在東京，已經有人穿著嗶嘰布的衣服出門了。」他甚至對司機解釋二人何以這身衣著。「啊，前面右轉。」

旅館快到了，和枝開始神采奕奕。「大嬸肯定還在睡覺。」然後對司機說：「對，再前面一點就到了。」

「好，停。」嘉七說。「剩下的路我們自己走。」前方的路徑狹仄。

拋下車子，嘉七與和枝脫下足袋，走完距離旅館約五、六十公尺的這段路。路面積雪快融化了，只剩淺淺一層，二人的木屐都溼了。嘉七正要敲旅館的門，本來落後幾步的和枝倏然竄上前。

「讓我來敲門。我要叫醒大嬸。」她像個急著搶功勞的孩子。

旅館的老夫婦大吃一驚。說來，應該是靜靜地慌了手腳。

嘉七逕自走上二樓，走進去年夏天住的房間，打開電燈。和枝的聲音傳來。

「結果，他吵著非要來看大嬸，我怎麼勸都勸不住。藝術家跟小孩一樣。」她彷彿沒有察覺自己的謊言，講得很興奮。又提了一次東京人已經換上嗶嘰服。

老太太悄悄走上二樓，慢吞吞打開房間的遮雨板。

「歡迎你來。」

她只說了這麼一句。

外面，天色已微明，雪白的山腹近在眼前。探頭朝山谷之間一看，晨霧的底下只見一條溪流黝黑流淌。

「冷得要命呢。」這是謊言。雖然沒料到有那麼冷，「好想喝酒啊。」

「沒問題嗎？」

「嗯，身體已經完全康復了。看我胖了吧？」

這時和枝自己搬來一張大暖桌。

「哎喲，重死了。大嬸，這是跟大叔借的喔。大叔說我可以搬過來。太冷了，受不了。」她正眼也不瞧嘉七，一個人異樣亢奮。

剩下二人獨處時，她忽然變得一本正經。

「我累了。我要去泡溫泉，之後，我想小睡片刻。」

「能去底下的露天溫泉嗎？」

「對，好像可以。聽說大叔他們每天都去。」

旅館老闆套上大草鞋，沿路將昨天才落下的積雪踩實，替他們開出一條路，嘉七與和枝跟在他後面，走下天色微明的溪谷。把衣服脫下往老闆帶來的席子上一扔，二人的身體滑入溫泉中。和枝的身體渾圓豐滿。實在不像今晚要死去的樣子。

老闆離開後，嘉七說，

「那一帶嗎？」他朝濃霧緩緩飄過的雪白山腹努動下顎。

「可是積雪很深，恐怕爬不上去吧？」

「下游地區或許比較好。水上車站那邊積雪已經不多了。」

他們是在討論尋死的地點。

回到旅館，被窩已經鋪好了。和枝立刻鑽進被窩開始看雜誌。她的被窩腳部塞進大暖桌的底下，想必很暖和。嘉七掀起自己的被窩，盤腿坐在桌前，倚著火盆喝酒。下酒菜是罐頭蟹肉和乾香菇。也有蘋果。

「喂，再延後一晚吧？」

「好啊。」妻子看著雜誌回答。「我都無所謂。不過，錢可能會不夠喔。」

「還剩多少？」一邊這麼問，嘉七深深感到羞恥。

戀棧。這是很噁心的事。是世上最丟臉的事。這樣不行。我之所以這樣拖拖拉拉遲疑不決，說穿了沒別的，不就是因為渴求這個女人的身體嗎？

嘉七束手無策。

還想活下去，再次與這女人一起生活嗎？借款，而且是道義上說不過去的借款，這該怎麼辦？汙名，已快被當成瘋子的汙名，該如何是好？病痛，被人們不肯相信的諷刺的病痛折磨，又該怎麼辦？還有，骨肉至親。

「欸，妳果然是敗給我的親人吧？我總覺得是那樣。」

和枝依舊盯著雜誌，不假思索地回答：

「對呀，反正我是他們看不上眼的媳婦嘛。」

「不，這倒不見得。妳自己的確也不夠努力。」

「別說了。我已經受夠了。」她把雜誌一扔，「你只會講大道理。所以才會惹人厭。」

「是嗎。原來妳早就討厭我了。那真是抱歉喔。」嘉七用醉漢的口吻說。

我為何不嫉妒？果然是因為我太自戀？她不可能討厭我。是因為我如此深信不疑嗎？我甚至沒有生氣。是因為對方那個男人太弱了嗎？我這種對事物的感受，或許正是所謂的倨傲？若是那樣，那我的想法，全都錯了。我這些年的生存方式，全都不對。為何無法理解那是情有可原，單純地憎恨就好？那種嫉妒，或許才是內斂、美好的？撞見妻子偷人後當場砍死狗男女的那種憤怒，或許才是高尚率真的？遭到妻子出軌背叛，只因那種打擊便去尋死的姿態，才是清純的悲傷吧？可我這樣算什麼！什麼戀棧，什麼好孩子，什麼菩薩面孔，道德，借錢，責任，深受照顧，反派對比，歷史義務，骨肉至親……啊啊不行了！

嘉七很想掄起棍棒，狠狠砸爛自己的腦袋。

「小睡片刻後就出發。實行計畫，實行計畫。」

嘉七粗魯地拉開自己的被窩鑽進去。

因為已爛醉，立刻就睡著了。朦朧醒來時，已過了正午，嘉七無法忍受寂寥。他跳起來，立刻又一邊嚷著好冷好冷，一邊叫樓下的人送酒。

「好了，該起床了。要出發了。」

和枝微微張嘴睡得正熟。她愣怔睜眼，

「啊，已經這麼晚了？」

「不，才剛過正午，但我已經受不了了。」

什麼都不願再想。只求立刻死去。

之後，事情發展就很快了。嘉七叫和枝向老夫婦謊稱夫妻倆想在這附近的溫泉區轉一轉，二人就此離開旅館。天空徹底放晴，他們用「要四處走走，一邊欣賞途中風景一邊下山」為理由拒絕搭乘計程車，大約走了一百公尺，驀然回首，旅館的老太太竟然緊追而來。

「喂，大嬸追來了。」嘉七很不安。

「這個，拿著。」老太太紅著臉，遞給嘉七一個紙包。「是絲綿。我自己紡的。因為沒什麼好東西可招待。」

「謝謝。」嘉七說。

「大嬸，哎，居然這麼擔心。」和枝說。二人不自覺鬆了一口氣。

嘉七匆匆邁步。

「多保重，快走吧。」

「大嬸也要保重。」身後，二人還在依依惜別。嘉七猛然向後轉。

「大嬸，握個手。」

被緊握住手的老太太，臉色很尷尬，之後甚至浮現恐懼。

「他喝醉了啦。」和枝在一旁解釋。

是醉了。與含笑的老太太道別，二人慢吞吞下山，積雪也漸漸變薄，嘉七開始小聲與和枝商量，該選那裡，還是選這裡。和枝說，離水上車站近一點，比較不會寂寞。最後，水上的街景在眼下黑壓壓展開。

「已經不容猶豫了，是吧？」嘉七故作開朗說。

「是啊。」和枝認真地點頭。

嘉七刻意放慢步伐，緩緩走進道路左側的杉林。和枝也跟著。地上幾乎完全沒有積雪。只有厚厚堆積的落葉，潮溼黏滑。嘉七不管那個，大步前進。爬上陡峭的山坡。尋死也需要努力。終於找到足以容二人坐下的草原。那裡可以照到一點陽光，也有山泉。

「就選這裡吧。」好累。

和枝拿手帕鋪在地上才坐下，被嘉七嘲笑。和枝幾乎不發一語。從包袱一一取出藥品拆封。嘉七拿起藥，

「藥物方面，只有我懂。我看看，妳嘛，吃這麼多就夠了。」

「太少了吧。吃這麼一點就會死？」

「第一次服用的人，吃這麼一點就會死。至於我，因為經常服藥，所以必須比

妳多吃十倍。如果沒死成，那就很難看了。」如果沒死成，就得去坐牢。

但我是否想讓和枝活著，藉以遂行我卑鄙的復仇？不會吧，那樣簡直像甜膩惡俗的通俗小說——嘉七甚至有點憤怒，就著泉水將幾乎溢出手心的一大把藥丸大口吞下。和枝也用笨拙的手勢一起吞藥。

二人接吻，然後並排躺下。

「那，就此道別了。沒死成的人，要堅強活下去喔。」

嘉七知道，光靠安眠藥很難死掉。他悄悄將自己的身體移到崖邊，解開腰帶，纏在脖子上，另一端綁在貌似桑樹的樹幹上，讓自己在睡著的同時從山崖滑落，然後就這樣被勒死。這就是他的計畫。為此，他其實老早就選定崖上這片草原了。他睡著了，隱約意識到自己緩緩滑落。

好冷。睜眼一看，一片漆黑，月影零落。這是何處？——他驀然驚覺。

我還活著。

手伸向喉嚨，腰帶還好端端纏在頸上。腰部冰冷，原來是落入水窪。這下子他恍然大悟。他沒有沿著山崖垂直滑落，而是身體歪倒，掉入崖上的窪地。窪地裡，有潺潺清泉流出的積水，嘉七的背部至腰部已經冰冷刺骨。

我還活著。我沒有死。這是嚴肅的事實。而且，不能害死和枝。啊，但願她還活著，但願她還活著。

四肢萎縮，甚至無法輕易爬起。他使出渾身氣力坐起，解開綁在樹幹上的腰帶，從脖頸取下，在積水中盤腿而坐，悄悄四下張望——沒看到和枝的人影。

嘉七四處爬行，尋找和枝。終於在崖下發現一團黑色物體。看起來像是小狗。他緩緩爬下山崖，湊近一看，果然是和枝沒錯。他試探著抓住她的腳，是冰涼的。死了嗎？他把自己的手掌輕輕覆蓋在和枝嘴上，檢查她的呼吸。沒有呼吸。蠢貨！居然死了。真是任性的傢伙。異樣的怒火，令嘉七大為激動，粗魯地抓起她的手腕檢查脈搏。可以感受到細微的脈動。活著。她還活著。把手伸進她的衣服胸口。是溫熱的。搞什麼。真是笨蛋。明明還活著。了不起，了不起。忽然覺得她惹人憐愛。那點分量的安眠藥，怎麼可能會死。啊啊，啊。嘉七帶著些許幸福感，在和枝的身旁仰面躺下。就此，他又失去了意識。

第二次醒來時，身旁的和枝正鼾聲大作。嘉七聽著她的鼾聲，甚至感到丟臉。

這傢伙可真健康。

「喂，和枝。醒一醒。妳還活著。我們兩個都沒死。」嘉七苦笑，一邊搖晃和枝的肩膀。

和枝安然熟睡。深夜的山中杉樹，默默挺立成林，針尖似的樹梢，掛著清冷的半月。不知為何，嘉七竟流淚了。他開始幽幽嗚咽。自己其實還是個孩子啊。孩子為什麼非得吃這種苦頭不可？

突然間，身旁的和枝放聲大叫。

「大嬸。好痛！我的胸口好痛！」聲音彷彿笛音。

嘉七驚駭不已。叫這麼大聲，萬一被哪個行經山麓的人聽見了，那可不是鬧著玩的。

「和枝，這裡不是旅館。大嬸不在這裡喔。」

她自然不可能理解。一邊嚷著好痛啊好痛，一邊痛苦扭動身體，漸漸往下滾去。徐緩的坡度，似乎可以讓和枝的身體一路滾到山麓的街道，嘉七也勉強滾動自己的身體隨後追去。和枝最後被一棵杉樹擋住，她抱著那樹幹尖聲大叫：

「大嬸，好冷啊。快幫我拿暖桌來！」

走近一看，被月光照亮的和枝已狼狽得不成人形。蓬頭垢面，而且髮上沾滿杉樹腐朽的枯葉，一頭亂髮宛如獅子精，又好似深山鬼姥，凌亂不堪。

一定得鎮定，至少，我必須保持鎮定。嘉七踉蹌站起，抱住和枝，努力試圖把她帶回杉林深處。他身體前傾，匍匐爬行，滑落，抓住樹根，扒開泥土，一點一點將和枝的身體慢慢拉回樹林深處。這樣猶如小蟲子的努力，不知持續了幾個小時。

唉，我受夠了。這個女人於我而言太沉重了。她雖是好人，我卻負擔不起。我是個無能的人。我的一生，難道非得為了這個女人如此吃苦受罪？我不要，再也不要了。分手吧。我，已經盡我所能，鞠躬盡瘁了。

這時，嘉七明確下定決心。

這個女人不行。她只會無止境地依賴我。隨便別人怎麼批評我都無妨，總之我一定要和這個女人分手。

黎明漸漸來臨。天空開始泛白。和枝也逐漸安靜下來。晨霧朦朧瀰漫樹林之間。

變得單純點吧，變得單純點吧。不要嘲笑男子氣概這個字眼的單純性。人，除了素樸生活，別無其他生存之道。

他一邊替睡在一旁的和枝逐一摘去髮間的腐朽枯葉，一邊想著。

我愛著這個女人。我愛她愛得不知如何是好，那正是我的苦惱之始。然而，已經夠了。我得到了某種堅強，雖仍愛她卻足以讓我毅然遠離她。為了活下去，甚至必須犧牲愛。真是的，這本來就是理所當然。世間眾生，大家都是這樣活著的。理所當然地生活。為了活下去，除此之外別無他法。我不是天才。也不是瘋子。

和枝就這樣酣睡到正午過後。期間，嘉七勉強打起精神脫下自己的溼衣服晾乾，還四處尋找和枝的木屐，把安眠藥的空盒埋進土中，用手帕擦拭和枝衣服上的泥濘，做了很多善後工作。

等和枝醒來，從嘉七口中得知昨夜的種種後，

「老公，對不起。」她說著，乖乖鞠躬道歉。嘉七笑了。

嘉七已經走得動了，但和枝還不行。好一陣子，二人就這麼坐著，商量今天接下來該怎麼辦。錢還剩將近十圓。嘉七主張二人一起返回東京，但和枝說，衣服都

髒了，這樣無法搭乘火車，最後二人決定，由和枝坐計程車回谷川溫泉，用拙劣的謊言騙大嬸說，他們去別的溫泉區散步時摔倒弄髒了衣服，在嘉七獨自先回東京帶著換洗衣物及錢回來之前，和枝就先待在旅館休息。嘉七的衣服已經乾了，因此他獨自走出杉林，去水上街頭買了米果、牛奶糖和汽水，又回到山上，和和枝一起吃。和枝喝了一口汽水就吐了。

二人一直待到天黑。和枝終於勉強能走路了，二人這才悄悄走出杉林。送和枝坐上計程車去谷川後，嘉七自行搭乘火車回到東京。

之後，他將事情經過告訴和枝的叔叔，全權委託叔叔處理。沉默寡言的叔叔說，

「真遺憾。」

看起來真的非常遺憾。

後來叔叔把和枝帶回來，接到叔叔家中。

「和枝這丫頭，簡直像旅館的女兒，晚上睡覺時，居然把被窩搬到旅館老闆和老闆娘之間呼呼大睡。真是怪丫頭。」說著，叔叔縮脖一笑。除此之外，什麼也沒

說。

這個叔叔是好人。嘉七與和枝徹底分手後，叔叔也照樣心無芥蒂地和嘉七一同四處喝酒玩樂。不過，有時候，他會忽然想起似地說，

「和枝也很可憐哪。」

每次，嘉七都為此感到膽怯軟弱，很傷腦筋。

時髦童子

從小，他似乎就特別時髦。小學時，每年三月舉行休業式，他必然會代表大家領取校長頒發的獎品，當他從台上的校長手中接過獎品時，必須從台下伸出雙手。那是嚴肅的瞬間。那一刻，這孩子的注意力完全集中在自己伸出的雙臂。藍染和服底下穿著純白的法蘭絨襯衫，襯衫從和服的袖口露出三公分，襯衫的雪白滲入眼底，頓時覺得自己純潔如天使，不禁獨自為之陶醉。休業式的前一晚，他會把日式寬褲與外出服，還有特別訂製的白色法蘭絨襯衫並排放在枕畔，然後遲遲無法入眠，一而再、再而三從枕上悄悄抬起頭檢視枕畔放置的衣物。那個年代還是使用油燈，因此室內光線昏暗，儘管如此，法蘭絨襯衫煥發出純白光彩，彷彿熊熊燃燒著。一夜過去，休業式的早晨來臨，他起床後立刻換上襯衫，有一次，他甚至還偷偷拜託老女傭替他多縫一顆襯衫袖口的鈕扣。他希望當他領獎品而露出一截袖口時，那三、四顆貝殼鈕扣會閃閃發光。走出家門後，上學途中，他也悄悄將雙臂向前伸出，模仿領獎的動作，不厭其煩地事先檢視襯衫袖子露出的長度是否不多不少恰到好處。

無人知曉少年這種孤獨追求時髦的心態，他一年比一年更下功夫，自村中小學畢業後，少年坐馬車再搭乘火車，前往四十公里外縣府官廳所在地的小都市，參加中學入學考試，但那時他的服裝奇妙得可憐。他似乎特別喜歡白色的法蘭絨襯衫，這次，他還是穿著它。而且這次的襯衫有一對宛如蝴蝶翅膀的大領子，那個領子，和夏天會翻出來覆蓋住西裝外套衣領的開襟襯衫領子，兩者款式相同。翻到和服領口外側，覆蓋和服的領子，乍看之下倒有點像圍兜。但是少年緊張得可悲，他還以為那應該會讓他看起來有翩翩貴公子的風采。他穿著久留米藍染和服，底下是淺色條紋偏短的寬褲，以及長襪，亮晶晶的高筒黑皮鞋。還有披風。父親早已過世，母親抱病，少年的日常生活用品，都是溫柔的嫂嫂替他細心打點。少年機靈地對嫂嫂撒嬌，硬是拜託嫂嫂把襯衫領口做得更大，嫂嫂如果笑他，他就會認真生氣，少年的美學無人理解令他懊惱得幾乎落淚。少年的全部美學，盡在「瀟灑，典雅」這四字之中。不不不，他的全部生活，人生目的，堪稱也盡在這四字之中。

披風故意沒扣上鈕扣，隨意地披著，似乎隨時會從瘦小的肩頭滑落，而他深信那才是真正風雅的穿法。也不知他是打哪兒學來的。時髦的本能，即使沒有範本，或許也會自行發明。

這幾乎是他有生以來第一次踏入真正的都市，因此對少年而言堪稱一生一次的盛裝出場。興奮之下，一抵達那個本州北端的小都市，少年的遣詞用字就完全變了。他開始使用之前看少年雜誌學來的東京腔。但是抵達旅館後，一聽旅館女服務生說話，和少年生長的故鄉一樣，都是津輕腔，少年頓時有點失望。他生長的故鄉，和那個小都市其實相距不足四十公里。

進入中學後，由於校規相當嚴格，很難追求時髦，他變得自暴自棄，懶得在把長褲放在被子底下壓平，鞋子也不擦了，錢袋隨便一掛，故意彎腰駝背走路。那時他養成駝背習慣，直到十五年後的現在依然改不掉。當時，或許堪稱是少年時髦史上的黑暗時代吧。

等他進了比那個小都市更遠四十公里，位於某舊城區的高中後，少年對時髦的追求，也開始盡情發展。發展過度，果然變得很奇特。他做了三種披風。一件是海軍藍嗶嘰布料製的吊鐘式披風。刻意做得很長，幾乎拖在地上。當時少年的個子也迅速竄高，已約有一百七十公分，因此那件披風宛如惡魔的雙翼，頗有戲劇效果。穿這件披風時，他從不戴帽子，許是覺得綴有白線的學生帽和魔法師不搭調。朋友給他取了「鐘樓怪人」這個綽號，他蹙眉以對，但內心其實頗為愉悅。還有一件是他覺得威爾斯王子身為英國海軍軍官的模樣很俊美，以威爾斯王子為範本訂製的。披風處處都添加了少年獨特的創意。首先是領子。特意做成大片寬領。不知何故他似乎特別偏愛寬領。領子上綴有黑色燈心絨。胸前是雙排金扣，每排各七顆。雙排扣末端，腰部倏然收緊，然後短短的下擺張開，那種律動感必須極盡輕妙，因此他甚至三度命令裁縫修改。袖子也是窄袖，袖口分別綴有四顆小小的金鈕扣，質料是略微偏厚的黑色毛料。這件披風是當作冬季外套，它倒是和白線學生帽很相襯，他似乎也稍有自信，覺得自己看起來應該很像英國海軍軍官，再配上白色喀什米爾手套，嚴寒的時候，就把白色絲質圍巾裹在頸間。他似乎下定決心寧可凍死也不著厚重臃腫的毛線類衣物。然而，這件外套遭到朋友嘲笑。有個朋友甚至指著他的大領子哈哈大笑說，「簡直像圍兜，很失策耶，這樣很像大黑天財神。」此外，也有朋友別無惡意地驚呼，「唷，是你啊，我還以為是條子來了。」北方的海軍士官這下子可窩囊了。最後，他再也不穿那件外套。他又做了一件。這次他沒用黑色的厚毛料，改用天藍色嗶嘰布料，並再次嘗試海軍士官風格的外套。這是他乾坤一擲的賭氣。領子縮小了，整體變得更纖細貼身，腰部窄得令人驚心，穿上那件外套時，少年甚至必須偷偷脫下一件襯衫才穿得下。對於這件外套，無人發表任何意見。朋友也沒嘲笑，只是露出異樣嚴肅的疏離神情，然後立刻別開臉。少年穿著那件光彩奪目的外套時終究受不了孤獨寂寥之感，忍不住哭泣。他雖然時髦，心靈畢竟還是個脆弱的少年。最後終於連那件精心打造的外套也不穿了，索性把中學時代的破披風往頭上一套，逕自去咖啡店喝葡萄酒。

在咖啡店喝著葡萄酒倒還好，他後來又傻呼呼地走進日本料亭，開始學會叫藝妓來一起吃飯。少年並不覺得那是壞事。他堅信帶點江湖味的流氓舉止，才是最高尚的趣味。去舊城區某間古老安靜的料亭用餐兩三次後，少年的時髦本能再次抬頭，這次，才真是一發不可收拾。他很想穿著歌舞伎戲劇〈鷹架工打群架〉那種鷹架工人的服裝，在面向料亭後院的和室盤腿而坐，撂一句：「喲，小娘子，今天挺漂亮喔！」他忍不住興沖沖開始準備服裝。深藍色腹兜。那個倒是立刻就弄到手了。在那件腹兜的口袋裡放個老式錢包，把手攏在袖子裡走路，看起來就像威風凜凜的流氓。也買了腰帶，是紮緊時格外硬挺的博多腰帶。棉布單衣則是去和服布料店訂製了一件。到底是要扮演鷹架工人還是賭徒還是店員，從這身打扮已經分不清了。欠缺統一性。總之，只要這身服裝給人的印象像是戲劇人物，少年就已滿足。初夏時節，少年赤腳穿上麻底草鞋。到此為止還好，但少年忽然想到一個關於緊身褲的怪主意。戲劇中的鷹架工人，好像都是穿著深藍色棉質緊身衛生褲，他也想要那個。當他像演員一樣罵一聲「臭小子」，唰地撩起衣襬，往屁股後面一甩時，那一刻，深藍色緊身褲格外拉風搶眼。底下不能只穿內褲。於是少年為了買那種緊身褲，跑遍舊城區的大街小巷。可惜到處都找不到。「那個，就像水泥匠不就有穿嗎，貼身的深藍色衛生褲，有沒有賣那個？」他如此拼命說明，到處去和服店及足袋店打聽，但店裡的人總是笑著搖頭說，「那個啊，現在沒有喔。」天氣已經很熱了，少年大汗淋漓地四處尋找，最後終於從某店的老闆口中聽到一個好消息：「濑店沒有賣那個，但是拐進橫巷後有一家專做消防用品，不妨去那家打聽看看，說不定會有收穫。」原來如此，自己怎麼沒想到消防呢！說到鷹架工人，就想到滅火[1]，用這年頭的說法正是消防，原來如此，果然有道理。於是他士氣大振，急忙奔向老闆說的那家橫巷裡的商店。只見店內陳列著大大小小的滅火器。也有消防隊的旗幟。少年忽然有點膽怯，但他還是鼓起勇氣詢問：「有沒有賣緊身褲？」對方立刻說有，取來給他看的，的確是深藍色棉質緊身褲，但在緊身褲的外側兩端各有一條消防標誌的紅色粗線條。少年終究沒有勇氣穿著那個在外行走，只好失落地放棄緊身褲。

這個少年有個壞習慣，只要自己的服裝不合心意，就會自暴自棄。無法買到理想中的深藍色緊身褲，少年江湖味的服裝也變得與眾不同，令人不敢領教了。深藍色腹兜，棉布單衣，腰帶，麻底草鞋，頭戴白線學生帽，穿著那樣的服裝走在街上，到底算是哪種美學？如此怪異的風貌，恐怕任何戲劇都呈現不出來，的確只能說少年自暴自棄了。他再次戴上喀什米爾的白手套，棉衣，腰帶，深藍色腹兜，白線學生帽，白手套，一身披披掛掛已到了無法收拾的地步。每個人在一生之中，或許都曾有過那麼不可思議的時代吧。彷彿整個人都瘋魔了，非得把所有的配件都掛在身上才甘心。喀什米爾的白手套破了，想再買雙新的，卻一直找不到喀什米爾質料的，最後，他覺得只要是白手套就好，竟然選了做工用的粗棉手套。那是宛如士兵肥厚熊掌的大手套。一切的一切，全都荒腔走板、亂七八糟。少年就用那種古怪的打扮去日本料亭，一再拚命重複他從泉鏡花小說學來的台詞。他根本沒把藝妓放在眼裡。唯有自己的浪漫姿態，才是他唯一關注的課題。

最後他夢醒了。左派思想讓當時的學生群情激昂，學生們緊張得臉色蒼白。少年去東京讀大學，但他從來沒有到校上課，不分晴雨，總是穿著褪色的風衣，腳上是長筒雨鞋，終日徘徊街頭。之後，時髦史的黑暗時代長久持續。不久，少年甚至背叛了左派思想。他在自己的額頭親手烙下卑鄙小人的印記。與其稱為時髦史的黑暗時代，毋寧堪稱心靈的黑暗時代直至十年後的現在依然持續。昔日的小少年，如今已經長成腮幫子留有刮鬍青痕的大人，努力書寫被人曲解為頹廢主義但自己堅信絕非如此的悲傷小說，貧困地苟活於世。去年邂逅了窮苦的戀人，不時相會，但昔日講求時髦的本能驟然復活，只是事到如今已不可能再拜託溫柔的嫂嫂幫忙打點穿著，也不可能隨心所欲地花錢添置服裝了。他只有一件便服，除此之外，甚至連足袋都湊不成一雙，可見他有多麼窮途潦倒。他本來是個時髦的孩子，叫他穿著洗得

1　江戶時代的滅火方式就是拆除房屋以免火勢延燒，因此由民間義務組成的滅火隊，通常是以熟悉房屋結構能夠盡快拆房子的鷹架工人為主力成員。鷹架工人遂成了滅火的同義詞。

發白的舊浴衣，腰纏破損的腰帶去會情人，他寧可去死。猶豫良久，他終於下定決心，去借衣服。比起借錢，借衣服要更加痛苦十倍，各位知道嗎？有句成語叫面如火燒，他的確有那種感覺。況且，不只是和服，連腰帶和木屐都得向人借。他就是這樣欺騙情人。儘管如此窮途潦倒，一旦進入浪漫世界，他的時髦本能就會倏然抬頭，令他乾瘦貧瘠的胸膛興奮不已。像他這樣的男人，即使活到七老八十，恐怕還是會想戴華麗的格紋鴨舌帽吧。或許他把外表的瀟灑與典雅當成現世唯一的「生命」，悄悄信仰至今？去年，他不借向人借衣去會情人，當時他寫了兩三首自嘲的打油詩如下，不如就用那個作為結尾，結束這令人敬畏的時髦童子短短的介紹文吧。

落敗武士借來之衣格外涼爽相襯。借衣者言，此種花色近來最流行。借衣者慌忙叫人放開袖子。一旦借衣，眾人皆看似借衣者。

細細品味之下，真是可悲的打油詩。

水仙

〈忠直卿行狀記〉這篇小說，是我十三、四歲時看的，後來一直沒機會重讀，但那篇小說的故事概要，二十年後的現在依然印象深刻。那是個異樣悲傷的故事。

劍術高明的年輕城主和家臣們較量，城主把眾人都打得落花流水後，洋洋得意地在庭園散步，不料竟從庭院暗處傳來可憎的耳語。

「城主最近進步不少了。要輸給他也變得比較容易了。」

「哈哈哈！」

原來是家臣們私下閒聊。

城主聽了，從此整個人都變了。他想知道真相，為之發狂。他認真向家臣們挑戰。然而家臣們甚至在這種生死決鬥也不肯認真對決。城主輕易獲勝，家臣們紛紛死去。城主終於發狂。他已成了可怕的暴君。最後被斷絕家業，自己也遭到監禁。

我記得故事內容大致就是這樣，但我無法忘懷那個城主。每每想起總會為之嘆息。

不過，最近我忽然產生一個可怕的疑問，不誇張地說，真的是夜夜不安難以入眠。我懷疑那位城主或許的確是個劍術高明的高手，家臣們並非故意輸給他，而是真的打不過城主？庭院的竊竊私語，或許只是家臣們卑鄙的死鴨子嘴硬？這是很有可能的。就像我們自己也是，自己的工作被優秀的前輩貶得一無是處，即使對前輩崇高的熱情與正確的直覺甘拜下風，和那個前輩分開後，也會忍不住私下議論：

「前輩最近倒是精神挺好的。看來我們也沒必要再裝傻安慰他了。」

「哈哈哈！」

這種交頭接耳逞一時口舌之快的夜晚也不是沒有。那是大有可能的。所謂的家臣，在人品方面總是比城主低劣。庭院的那番對話，說不定只是家臣為了滿足自己扭曲的自尊心，卑鄙地死不認輸？若真是如此，豈非令人不寒而慄。城主雖已掌握真相，仍為追求真相而發狂。事實上，城主的確是劍術高手。家臣們絕非故意輸給他，而是真的打不過他。那樣的話，城主獲勝，家臣落敗，實乃理所當然，本不該發生後來那些糾紛，卻還是釀成慘痛悲劇。城主如果對自己的劍術擁有堅定不移的自信，或許什麼變化都不會發生，一切都會很和平，然而自古以來，天才似乎總是不了解自己的真正價值。不相信自己的能力。這或許正是天才為何會煩悶與深切祈禱的緣故，我只是凡夫俗子，關於那方面無法正確說明。總而言之，城主就是對自己的劍術少了絕對的信心。其實他擁有高手的卓越劍術，卻不肯相信，終至發狂。其中，想必也有城主這個與世隔絕的高貴身分造成的不幸。如果是我們這種住在大雜院的窮老百姓，

「喂，你覺得我偉大嗎？」

「不覺得。」

「這樣啊。」

或許也就這麼不了了之了，但貴為城主的人不可能就此善罷甘休。如果考慮到所謂天才的不幸，城主的不幸，我的不安就更大了。因為在我身邊也發生了類似的悲劇。正因為那起事件，我才會想起那篇〈忠直卿行狀記〉，才會整晚輾轉反側，忽然陷入可怕的懷疑，左思右想之下，毫不誇張地不安到徹夜失眠。那位城主，或許劍術其實真的很高明。然而，問題已不在城主的身上。

我的忠直卿，是一位三十三歲的女性。而我扮演的角色，或許一如那個躲在庭院角落卑鄙地逞口舌之快的家臣，因此這個故事更加令人悲哀。

草田惣兵衛的夫人，草田靜子。此人突然聲稱自己是天才，就此離家出走，令

人大吃一驚。草田氏家族與我的家族並無血緣關係，但先祖代代都有親密的往來。「往來」是比較好聽的說法，實際上，或許更正確的說法應該是我家祖先獲准出入草田家。無論是所謂的身分地位或財產，草田家都與我家有天壤之別。說穿了，是我家懇求與對方來往。的確很像是城主與家臣的關係。草田家的家主惣兵衛還很年輕，不過說他年輕其實也已年過四十。他從東京帝國大學經濟系畢業後前往法國，玩了五、六年，一回到日本就立刻和某戶遠親（這一家不久便沒落了）的獨生女靜子小姐結婚。夫婦關係堪稱美滿。育有一女，名為玻璃子（Hariko）。據說是取自巴黎的諧音。惣兵衛是個新潮的人物。他身材高挑，相貌堂堂，是個美男子，總是帶著滿面笑容，收藏了許多貴重的西洋畫。竇加的〈賽馬圖〉據說是他最驕傲的珍藏品。然而，他從來不曾在言行之間誇耀自己的品味如何高尚。也很少提及美術方面的話題。每天都去自己的銀行上班。簡而言之，他是第一流的紳士。六年前老家主過世，惣兵衛立刻繼承了草田家的家業。

至於夫人——啊，與其這樣說明她的身世背景，不如敘述幾年前某日發生的一樁小事吧。那樣更快。三年前的正月，我去草田家拜年。我這人，偶爾也有朋友批評過，似乎是個相當彆扭的男人。尤其是八年前我因為某些細故離開老家，獨自過著極度貧困的生活後，彆扭的脾氣似乎變得更嚴重。為了不受任何人侮辱，我總是像凋落的枯葉般哆嗦，彷彿賭上性命般繃得很緊。這是一種可悲的惡德。我很少去草田家。老家的母親和兄長迄今似乎仍會三不五時造訪草田家，只有我不去。直到就讀高等學校時，我還會天真無邪地去草田家作客，但等我上了大學後，就開始心生反感。草田家的人都是好人，但我就是不想去。我開始抱持「有錢人最討厭」這種單純的仇富思想。這樣的我，為何偏偏在三年前的正月起意去拜年呢？歸根究柢，還是因為我自己太沒節操。前一年的年底，草田夫人突然寄來邀請函。

——好久不見。明年正月，請務必來寒舍一遊。外子也翹首以待。外子與我，都是您的小說讀者。

就是這最後一句，令我得意忘形。說來丟人。彼時，我的小說也開始稍微走紅了。我必須坦承，當時我正春風得意。那是危險的時期。就在心情自我膨脹之際，收到草田夫人的邀請函，說她是我的忠實讀者，我哪還憋得住。我暗自偷笑，寫了一封十分殷勤的回函（感謝邀請……），就這樣在翌年的正月初一大搖大擺地出門，受到畢生難忘的嚴重羞辱倉皇返家。

那天，在草田家，我受到熱烈款待。草田夫妻也對其他來拜年的客人一一介紹我是「流行作家」。而我，不僅不覺得那是揶揄、侮辱之詞，甚至信以為真地思忖自己說不定已是流行作家，實在很悲慘。太丟人了。我喝醉了。面對惣兵衛我喝得醉醺醺。不過，喝醉的只有我，惣兵衛即使一杯接一杯還是面色如常，而且看似軟弱地勉強微笑，傾聽我的文學議論。

「夫人也來一杯。」我得寸進尺，把杯子舉向夫人。「如何？」

「不了。」夫人冷漠回答。那種語調，簡直難以形容，帶有透徹骨髓的冷峻。就這麼一句話，卻蘊含深不可測的輕蔑感。我被打敗了。醉意也醒了。然而我苦笑著說：

「啊，抱歉。我醉得太厲害了。」我四兩撥千斤地敷衍帶過這種難堪場面，其實已一肚子火氣。不僅如此，我已沒興趣再喝酒，於是決定吃飯。蛤蜊湯很美味。

我埋頭用筷子挖出貝肉吃。

「天啊！」夫人小聲驚呼。「吃那種東西，沒有問題嗎？」她問得頗為無辜。

我差點不由自主將碗筷摔落地上。這種蛤蜊，原來他們是不吃的。蛤蜊湯似乎只喝湯不吃肉。蛤蜊只用來熬出湯頭。對窮人而言，即使是這種貝肉也相當美味，但上流社會的人卻認為這種肉很髒，棄之不食。原來如此，蛤蜊肉看起來的確像肚臍一樣醜惡。我當下啞口無言。正因為夫人是無心之下的驚呼，更加令人難堪。如果她是故作高雅地那樣質疑，我好歹還有辦法回答。問題是，她的驚呼，完全是出自本心的純粹詫異，所以我真的被打敗了。一夕成名的暴發戶「流行作家」，就這麼捧著碗筷，垂頭喪氣，再也說不出話。淚水奪眶而出。我從來沒遭受這麼狠的恥辱。從此，我再也不去草田家。不只是草田家，此後，即使是其他有錢人，我也盡量不去拜訪。我就這樣賭氣地繼續過我貧窮潦倒的生活。

去年九月，我的陋室門口出現意外的訪客。是草田惣兵衛。

「靜子有沒有來你這裡？」

「沒有。」

「真的沒有？」

「怎麼了？」我不禁反問。

好像有什麼內情。

「家裡很亂，我們出去走走吧。」我不想讓他看見凌亂的屋內。

「也好。」草田氏溫馴地點頭同意，跟在我身後。

走了一會，來到井之頭公園。

漫步在公園林間，草田氏說：「大事不妙。這次真的搞砸了。藥效太強了。」

他說，夫人離家出走了。至於原因，其實很可笑。幾年前，夫人的娘家破產。從此，夫人就變成異樣冷漠高傲的女子。她似乎將娘家的破產視為奇恥大辱。就算一再安慰她那根本不算什麼，據說她的脾氣還是越來越古怪。我聽了之後，總算理解正月時，她說「不了」那種異樣冷峻的態度了。靜子夫人嫁入草田家，是我就讀高等學校時的事，當時我還能坦然自若地經常去草田家玩，也和新嫁娘靜子夫人交談過，甚至還一起去看過電影。但當時的夫人，絕非那種講話尖酸刺骨的人。那時的她笑得無憂無慮甚至顯得無知。直到那年正月元旦，久別重逢，還沒交談，我就立刻感受到「她變了」。肯定是娘家破產的憂愁，才讓她出現如此劇烈的變化。

「是歇斯底里吧。」我說，輕輕嗤鼻一笑。

「這就不知道了。」草田氏似乎沒有察覺我的輕蔑，反而很認真地思考。「總而言之，都是我的錯。我太捧著她了。不料效果過強。」原來草田氏為了安慰夫人，讓夫人學習西畫。每週一次，夫人去附近的中泉花仙這位年近六十的三流老畫家的畫室上課。然後就受到眾人大肆讚美。以草田氏為首，包括那位中泉老畫家，還有出入中泉畫室的年輕研究生們，以及來往草田家的三教九流，全都異口同聲地極力讚美夫人的畫作，結果導致夫人昏了頭。據說夫人脫口說出「我是天才」就離家了。但我聽著草田氏的敘述屢屢快笑出來，憋得很難受。原來如此，的確是藥效太管用了。這是豪門大戶常有的荒謬喜劇。

「她什麼時候離家的？」我已經把草田夫婦視為徹底的蠢蛋了。

「昨天。」

「真是的。那你根本沒什麼好緊張的嘛。拿我老婆來說吧，如果我喝太多酒，她也會氣得回娘家住一晚。」

「這是兩回事。靜子好像很嚮往藝術家自由自在的生活。她帶了一大筆錢離開。」

「一大筆？」

「金額有點多。」

連草田氏這樣的大富翁都說金額有點多，我猜想恐怕是五千圓，甚至有可能上萬圓。

「那可不行哪。」我終於開始有點興趣了。窮人對金錢的話題無法不關心。

「靜子一天到晚看你的小說，所以我以為她一定會來找你——」

「別開玩笑了。我是——」我本來想說「我是她的敵人」，但是看著向來笑嘻嘻的草田氏，唯有今天面色蒼白、垂頭喪氣的模樣，我實在不忍心說出口。

我們在吉祥寺車站前道別，臨別時我苦笑著問：

「她畫的到底是哪種畫？」

「很與眾不同。有些地方真的像個天才。」草田氏的答覆出乎意料。

「噢？」我說不下去了。我深深感受到這對夫婦有多麼愚蠢，簡直令人目瞪口呆。

之後大概是第三天吧，我們的天才女畫家拎著畫具箱，倏然現身我的陋室。她穿著梅乾菜似的粗俗洋裝，臉頰凹陷得令人悚然，兩眼大得異常。不過，簡而言之，一流貴婦的品味畢竟不可侵犯。

「進來吧。」我的說話態度格外粗魯。「妳到哪去了？草田先生很擔心妳呢。」

「你是藝術家嗎？」她站在玄關的脫鞋口，把臉撇向一旁低聲說。語氣還是一樣冷漠高傲。

「妳在胡說什麼？不可以這樣唬弄人。草田先生都受不了了。妳忘了還有玻璃子嗎？」

「我在找公寓。」夫人對我說的話置若罔聞。「這一帶有空房間嗎？」

「夫人，我看妳不大正常。這樣會遭人恥笑喔。妳別鬧了。」

「我想一個人工作。」夫人絲毫不覺羞愧。「就算租一整棟房子也行。」

「草田先生現在也很後悔，說藥效太強了。二十世紀已經沒有藝術家也沒有天才了。」

「你是俗人。」她坦然自若地說。「草田還比你更理解藝術。」

如此失禮的客人，我決定立刻將之掃地出門。我個人始終相信一點，就算任何人都不理解我也無所謂。看不順眼就不要來。

「妳到底是來幹麼的？我看妳該走了吧？」

「我馬上走。」她笑了一下，「要看我的畫嗎？」

「不必了。大致想像得出來。」

「是嗎。」她像要在我臉上盯出窟窿似地看著我。「再見。」

她走了。

這算什麼！我記得她應該跟我同齡。甚至已有十二、三歲的女兒。居然在別人奉承之下發神經。拍馬屁的人固然也有錯……總之這是令人不快的事件。對這起事件，我甚至感到恐懼。

之後大約有二個月的時間，靜子夫人都不曾出現，但草田惣兵衛在這段期間寄來五、六封信給我。他似乎真的很困擾。靜子夫人後來在赤坂的公寓落腳，起初還嚴肅地繼續去中泉畫家的畫室上課，後來她連那位老畫家也瞧不起，幾乎完全不再學習作畫，把畫室的年輕研究生們都叫到自己的公寓，被那些研究生拍馬屁拍得暈頭轉向，每晚都鬧哄哄地嬉戲。草田氏忍辱含羞，隻身造訪赤坂的公寓懇求她回家，但是他失敗了。不僅被靜子夫人碰了一鼻子灰，連那些甘願當跟屁蟲的研究生也攻擊他是天才的敵人，而且還把他帶去的錢都捲走了。草田氏去了三次，三次都遭遇同樣的下場。如今，草田氏也已心灰意冷。不過話說回來，最可憐的還是玻璃子。到底該如何是好？「對男人來說這是最痛苦的立場」，年過四十的一流紳士草田氏，寄信給我如此傾訴。然而，我忘不了上次在草田家遭受的奇恥大辱。有時候，我的固執連自己都會毛骨悚然。一旦受辱，終生難忘。對於草田家這次的不幸，我絲毫不同情。草田氏再三寫信拜託我：「請你去勸勸靜子。」但我壓根不想動，我才不要當有錢人的走狗，於是我每次都用「夫人非常瞧不起我，所以我想我愛莫能助」為由拒絕草田氏。

十一月初，院子的山茶花開始綻放。那天早上，我收到靜子夫人的來信。

我的耳朵聽不見了。喝了太多劣酒，引起中耳炎。我去看過醫生，但醫生說為時已晚。水壺的滾水咻咻沸騰，可那個聲音我聽不見。窗外，樹枝飄落、枯葉簌簌搖動，但我什麼也聽不見。我這輩子已無法再聽見聲音。別人的聲音，也彷彿是從地底傳來的說話聲。照這樣下去，想必最後會完全失聰吧。耳朵聽不見，是多麼寂寞、多麼煩躁，這次我終於明白了。去買東西時，人們不知道我耳朵不好，仍如同跟正常人講話一樣說話，可我完全不知道他們在說什麼，這讓我很難過。為了安慰自己，我試著回想那些耳朵不好的人，好不容易才挨過一天。最近，我經常萌生死意。這時候我就會想到玻璃子，於是打消念頭，覺得自己必須熬過這一關，一定要活下去。之前，我怕哭泣對耳朵不好，一直極力忍耐，直到兩三天前，終於再也忍不住，淚水一下子如瀑布嘩啦嘩啦流個不停，哭完心情倒是比較輕鬆了。現在，對於失聰，我也稍微可以看開一點了，但是當初剛惡化時，我簡直快瘋了。一天之中，我一次又一次拿火筷敲打火盆邊緣。我想測試自己聽不聽得清楚。即使在三更半夜，只要醒了，我就會立刻匍匐著爬到床邊敲打火盆。簡直慘不忍睹。我用指甲抓榻榻米，刻意選擇不易聽見的聲音測試。如果有人來訪，我就會叫那個人時而大聲時而小聲，連續一兩個小時不斷要求對方出聲，用盡各種方法測試聽力，弄得客人們不知所措，最近都已不太敢來找我了。我也曾在深夜獨自站在電車道上，豎耳傾聽眼前駛過的電車聲音。

如今，即使是電車的聲音，在我聽來也像撕紙一樣小聲。再過不久，想必我什麼都聽不見了。全身似乎都出了毛病。因為盜汗嚴重，渾身溼透。每晚必須換三次睡衣。過去畫的畫，我全都撕掉了。一張也不剩地全扔了。我的畫，非常拙劣。只有你說出真話。別人全都是在拍我馬屁。如果可以，我真希望像你一樣，過著雖然貧窮卻自由自在的藝術家生活。你笑我吧。我家破產，母親也隨即去世，父親逃往北海道。我待在草田家，越來越痛苦。打從那時起，我開始閱讀你的小說，我很驚訝居然有這樣的生活方式，彷彿找到了一個生活目標。我跟你一樣，都是窮孩子。我很想見你一面。三年前的正月，真的是久別重逢，讓我很高興。看到你隨心所欲的醉態，我非常羨慕，甚至有點嫉妒。這才是真正的生活方式。沒有虛飾也沒有客套，一個人自尊自傲地活著。這樣的生活方式，我覺得很好，然而我毫無辦法。後來外子建議我習畫，我很相信外子（迄今我仍愛著外子），所以我開始去中泉先生的畫室上課，一下子成為大家狂熱讚賞的標的，起初我純粹只感到困惑不安，但連外子也一本正經地說我或許是天才。我素來敬重外子的藝術鑑賞眼光，因此終於昏了頭，為了嚮往已久的藝術家生活離家出走。我真是個蠢女人。我和中泉先生畫室的研究生們一起去箱根玩了兩三天，期間，畫出了自己也稍感滿意的作品，我想先讓你看看，於是特地去你家拜訪，沒想到，卻落到那種悲慘的下場。我很難為情。本想給你看畫，博取你的誇獎，然後再在你家附近租個房子，彼此以清貧藝術家的身分結為好友。原來我早就瘋了。被你當面痛罵，我這才恢復清醒，得知自己的愚蠢。我終於發現年輕的研究生們就算再怎麼讚美我的畫作，也只是膚淺的奉承拍馬屁，私底下他們其實在吐舌頭做鬼臉。然而那時，我的生活已淪落到無法挽回的地步。我回不去了。那就徹底沉淪吧。我每晚喝酒。與年輕的研究生們徹夜胡鬧。我喝燒酒，也喝琴酒。我是個虛偽的蠢女人。

牢騷就到此為止。我將毅然接受懲罰。根據窗外樹枝的搖晃程度，我猜想風應該很強，之後下起滂沱大雨。雨聲，風聲，我通通聽不見。就像看默片，這是個寂寞得可怕的黃昏。你不需要回信。請不用在意我。我只是太寂寞，忍不住想寫幾句話。請你不用放在心上。

這封信上，有她的公寓地址。於是我連忙出門。

那是一棟小巧整潔的公寓，但靜子夫人的房間慘不忍睹。三坪大的室內空無一物。只有火盆與桌子。榻榻米已泛黃，很潮溼，房間因日照不足而很陰暗，散發水果腐爛的臭味。靜子夫人就坐在窗邊微笑。她的衣著打扮還是很整齊。臉蛋也仍保有美貌。比起二個月前那次見面，她似乎胖了，但是感覺有點詭異。是眼睛，兩眼無神。那不是活人的眼睛。眼瞳混濁，是灰色的。

「妳太亂來了！」我吶喊似地說，但靜子夫人搖頭，只是一逕微笑。她似乎已完全失聰了。我在桌上的便箋寫下「請妳回草田家」給靜子夫人看。之後，我倆開始筆談。靜子夫人也坐在桌旁起勁書寫。

請妳回草田家。

對不起。

總之，請妳回去。

我回不去了。

為什麼？

我沒資格回去。

草田先生在等妳。

騙人。

是真的。

我回不去了。我犯了錯。

妳真傻。今後怎麼辦？

對不起。我打算工作。

妳有錢嗎？

有。

給我看妳的畫。

沒了。

一張也沒有？

沒有。

我忽然很想看靜子夫人的畫作。我有種奇妙的預感。那是好畫，是精彩的好畫。肯定是。

妳不打算繼續作畫嗎？

太丟人。

妳肯定畫得很好。

不用安慰我。

妳也許真的是天才。

別取笑我了。請回吧。

我苦笑著站起來。除了離開別無他法。靜子夫人沒有送我出去，依舊坐著，茫然眺望窗外。

是夜，我造訪中泉畫家的畫室。

「我想看靜子夫人的畫作，請問您這裡有嗎？」

「沒有。」老畫家露出和善的笑容，「夫人不是自己全部撕毀了嗎？可惜她那麼有天分。她實在太任性了。」

「畫壞的素描草稿也行，總之我想看。有嗎？」

「等一下。」老畫家歪頭思忖，「我這裡本來還留有三張素描，結果她日前來找我，當著我的面都撕掉了。好像是因為有人把她的畫作貶得一文不值，後來她就再也不畫了——啊，對了，還有，還有，還剩下一張。我記得我女兒應該還留了一張她的水彩畫。」

「給我看看。」

「請稍等一下。」

老畫家去裡屋，之後笑嘻嘻地拿著一張水彩畫出來。

「好險，好險。幸好我女兒偷偷藏起來了。現在還留著的，恐怕就只有這張水彩畫了。就算給我一萬圓我也絕對不會賣。」

「給我看。」

那是一幅水仙。畫的是插在水桶中足足約有二十支的水仙。我拿起來看了一眼就撕破。

「你幹什麼！」老畫家驚愕不已。

「這幅畫太無趣了。你們只是在逢迎諂媚富家太太罷了。夫人的一生就因為這樣被毀了。那個把她的畫作貶得一文不值的男人正是我。」

「怎麼會，這幅畫應該沒那麼差吧。」老畫家似乎突然喪失自信，「不過現在那些新人類的畫作，我的確是看不太懂。」

我把那張畫撕得更碎，扔進火爐。我自認還算懂畫。我認為自己內行的程度，甚至足以教授草田氏。這幅水仙圖，絕非平凡無趣的作品，其實畫得很棒。那我為何要撕毀它？這點就交由讀者自行判斷。靜子夫人後來被草田氏接回去，在那年年底自殺身亡。我的不安日漸加深。那或許真是天才的畫作。我不禁想起忠直卿的故事。某晚，忽然萌生奇妙的疑問，我懷疑忠直卿其實是個厲害的劍術天才。最近我甚至不安得輾轉難眠。二十世紀，或許也有藝術天才活著。

花燭

燃燭以繼日。

一

婚禮的深夜，新郎與新娘談論著將來，房間的紙門外忽有窸窣聲響。二人嚇了一跳，戰戰兢兢地從被窩爬出來，悄悄拉開門一看，只見裝飾在賀禮台上的大龍蝦還是活的，正在緩緩揮舞長鬚。認清是什麼發出聲音後，二人對看一眼，不由微笑。擁有這種美好回憶的夫婦，必然會白頭偕老吧。毋庸置疑，必定會建立美滿家庭。

我衷心祈求，在接下來的故事中我所要敘述的男女主角，也能有這樣令人會心微笑的洞房花燭夜。

東京郊外有個被稱為男爵的男人，他年紀看似三十二、三歲，或者更年輕一些也未可知。帝大經濟系中輟，之後一直無所事事。鄉下老家每月寄來充足的生活費，因此他租了一間就獨居者而言稍嫌過大的房子，有二坪餘及三坪、四坪房間各一，夜夜吵鬧不休。不過，吵鬧的並非男爵自己，是訪客太多，實在很多。他們和男爵一樣，終日無所事事，只顧著思考，而且無一例外都很窮。基於某種意味，都被社會貼上了悖德者的標籤。甚至有素未謀面的陌生人，只是偶然路過，卻因屋內似乎太有趣，不由走近湊熱鬧，說聲「那麼，我就打擾了」後，大搖大擺進屋來。這種時候，隨和地說著「請坐，請坐」給對方遞坐墊的，並非男爵；一邊客套「大駕光臨真是太好了」一邊倒茶的男人，也不是男爵；突然說「你的眼睛是騙子的眼睛」，令新來的訪客驚愕莫名的瘦男人，也不是男爵。那麼男爵到底在哪裡？就在那四坪客廳的角落，縮成小小一團幾乎消失，恭敬傾聽眾人談論的男人，正是男爵。非常不起眼。這是個身高頂多只有一百六十公分的矮小男人，而且很瘦。即使仔細打量那張臉孔，也看不出個名堂。膚色微黑泛著油光，下顎留著一撮小鬍子。不是圓臉，也不是長臉，非常不上不下。頭髮有點長，但是還不到披頭散髮的地步，也看不出塗抹髮油保養的形跡。戴著平凡的金屬框眼鏡，縱然見過此人也毫無印象。因此，訪客彼此高談闊論時，往往忘記男爵的存在。他們談話，大笑，疲倦了，之後驀然發現角落的男爵，「咦，你還在啊？」他們打呵欠抱怨道。

「沒有香菸了。」

「好。」男爵微笑起身，「我也是打從剛才就想抽菸。」這是騙人的。男爵根本不抽菸。「我去買。」他輕快地出門。

男爵，說穿了是個綽號。他只不過是北方某地主的兒子。此人在學生時代做了兩三件引人注目的大事。戀愛，酗酒，參與某種政治運動，也進過監牢。三度自殺，三次都失敗了。一如大多數在大家族長大的孩子，認定自己的存在是多餘的，一味輕視自己，慌慌張張四處搜尋一個地方來拋棄自己毫無價值的生命，這種傾向，在這個被稱為男爵的男人身上也看得到。怎樣都行，總之只想盡快以肉身獻祭，和這個世界告別，而且，最好還能因此對兩三人有所幫助。自己心靈的醜惡，肉體的貧瘠，以及生於地主家不費吹灰之力便取得種種權力的心虛，對那些的過度顧慮，無一不對這個男人的自我拳打腳踢，令它奇妙地扭曲。這早已心灰意冷猶如泡沫的生命，若還能派上用場，請儘管拿去用——這種心態近似卑鄙。但那已成為此人剩下的唯一僅有，成了他的行為指標，男人據此行動。然而說到他的行為，如果光看行為的表象，頗有幾分轟轟烈烈。他與弱者為伍、與窮人為友。自暴自棄的行為，往往與殉教者的行為酷似。期間雖短，男人已嘗到與殉教者無分軒輊的艱難困苦。風吹雨淋，巨浪拍打。唯有這種艱難，值得信賴。然而，這本就是絕望的行為。唯有「我是注定滅亡的子民」的念頭不動如山，唯有一心求死的願望而已。說穿了不過是倉皇尋求自殺場所，四處狂奔罷了。別說是幫助他人，連自己都救不了，失敗得徹底。他不可能如此順利地死在肉身獻祭這光榮的名義之下。換言之，人生的嚴峻，不容許一個大男人任性的虛偽表演。他想得太天真了。畢竟，人不可能成為煙火。事實如何不得而知，但「轉向[1]」這個字眼，應該意味著救贖與光明。如此說來，以他的狀況，甚至不容許被稱為轉向。他那是殘廢、是破產，不是光榮的十字架，是遭到灰色的抹殺，並不光彩。很像那種揭幕時自信滿滿地誇大其辭，卻遲遲不見落幕最後不知所措的演員。他無可奈何，只好躺在舞台上裝死。他是走投無路的小丑，這就是廢人唯一的角色嗎？即使墮落到那種狀態，還是無法捨棄為旁人「奉獻」的念頭。「我的身上，倘若還有哪裡可食用，請自行取用吧。」他說著便躺平。畢竟還有可供人食用之處。他是地主的兒子，每月不愁沒錢生活。

1 轉向，個人思想的轉變，在日本通常是指共產主義者放棄共產主義思想。

雖因某些因素遭到社會見棄，被人指指點點謾罵他是廢物、悖德者，但比他更貧窮的人們，就像水往低處流似的，成群圍繞在他身旁緊巴著他，並且給他取了「男爵」這個帶有輕蔑意味的暱稱，把他的住處當成他們唯一的休閒娛樂場所。男爵為了這些訪客，整天恍恍惚惚地在廚房煮飯，寂寞地削芋頭皮。

他就是這種男人。訪客之一在電影製片廠找到工作，那似乎成了此人最大的驕傲，動不動就想帶人去欣賞他的工作表現，但其他訪客嗤之以鼻不予理會，男爵很同情他，遂主動央求：「請讓我去參觀。」男爵是個毫無嗜好的人。弓道雖是初段，卻不知能否稱為嗜好。就連猜拳都不太會玩，他總是以為剪刀贏過石頭，因此自然對電影也不大了解。每天從早到晚都忙著接待客人，其中也有人留下過夜，所以他沒時間出去玩，況且就算偶有一天沒有訪客，這種時候，他也得忙著在家中大掃除，或是去酒鋪和米店到處解釋積欠的帳目，無暇去看什麼電影。雖然他對訪客們一直刻意隱瞞，但是打腫臉充胖子請客的次數太多，各種開銷支出似乎也相當吃不消。之所以毫無嗜好，或許並非時間因素或性格使然，只是源於他的經濟狀況。

這天，男爵坐了快二小時的電車才抵達片廠所在地。那是草木深深的鄉下，但他並未掉以輕心。甚至覺得隨時會有服飾精美的哥薩克騎兵，從金雀花茂密的草叢深處衝出來。在他的心中，雖然年紀不小，依然自以為是穿著小櫻花紋皮革盔甲的武士，一步一步走得自信十足，然而在春日稀薄的陽光下，看到自己落在路面的貧弱影子，除了苦笑別無他法。從車站走了約一百公尺的鄉間小路，來到片廠正門口。白色水泥門柱上攀爬著常春藤的新芽，頗有文化氣息。正門對面就有茅草屋頂、看似居酒屋的商店，那是他們約定碰面的牛奶屋。對方叫他在此等候。他費了半天工夫才扳開那家餐飲店的玻璃門，因為門已生鏽，很難打開，就像打開天岩戶[2]一樣吃力。使出吃奶的力氣後，玻璃門喀拉喀拉發出巨響滑開二公尺，男爵一時收不回力，醜陋地滑動手腳。好不容易勉強站穩，這才捏把冷汗悄悄逃入店內。店內灰塵很厚。六、七張椅子和三張桌子也都蒙著白色塵埃。他毫不猶豫地選擇靠近門口的角落椅子坐下。角落總是讓男爵感到自在。在那裡，他等了很久。始終沒有任何客人進來。起初他還有點緊張，擔心會不會有演員進來，但店內的冷清令他目瞪

2 天岩戶，日本神話中，天照大神躲起來導致世界一片漆黑的岩石洞窟。

口呆。因久繃著緊張的神經，最後他終於疲累不堪。他喝了三杯牛奶，時間早已過了約定的午後二點，直到快四點，那間店的玻璃門開始被夕陽染上微紅時，這才喀拉發出可怕的巨響，一個男人如子彈衝進來。

「啊，抱歉抱歉。有香菸嗎？」

男爵笑嘻嘻站起來，從口袋掏出兩包菸。

「我也才剛來，不好意思，遲到了。」男爵古怪地道歉。

「算了，沒關係。」對方隨口原諒他。「我也是今天剛開始生田劇組的拍攝，所以忙昏了頭。」一邊說著，還不時手舞足蹈，表演忙碌的模樣給他看。

男爵頓時臉色一正，凝視男人手舞足蹈的模樣，內心萌生一種感動。

「你很賣力呢。」他不經意脫口這麼一說後，不禁捏把冷汗。他擔心自己這麼世俗的評語，該不會傷到對方身為藝術家的驕傲吧？「藝術的創作衝動，」他有點結巴。接下來的說詞在心裡悄悄不斷重組，總算整理妥當，最後在口中再次喃喃背誦後才說出口。「藝術的創作衝動，和日常的生活意欲完全達成一致，這是非常罕有的現象，而你似乎已完美做到這一點。這是一樁美事。我非常羨慕。」男爵極力讚美。說完，偷偷拿手帕抹去脖子的汗。

「也沒那麼厲害啦。」對方說著，卑屈地嘻嘻笑。「想參觀我們片廠嗎？」

男爵已經不想看了。

「求之不得。」他用力請求。抱著必死的念頭。

「All right!」男人異樣大聲地叫喊，然後又大吼一聲「Come on!」率先衝出餐飲店。他無奈之下，只好慢吞吞跟上。

那個男人擔任導演的助手。不是提水桶裝水就是替導演搬椅子，負責各種粗活。男人對於自己工作時的英姿頗為得意，似乎巴不得讓人欣賞幾百個小時都沒問題，男爵也察覺他的心情，對著毫無興趣的拍攝現場像傻瓜似地呆站著參觀。男爵的眼前，正在上演無聊戲碼。劇組在拍攝「一個蓄鬍的壯漢餓得一口氣連吃六碗飯」的場面。大概是要拍喜劇的搞笑橋段，但男爵一點也不覺得好笑。男人吃飯。伺候他的女子見了，為之目瞪口呆。就這麼簡單的一幕，居然來回拍了二十次以上。怎麼看都不好笑。別說是大笑了，男爵甚至有點不悅。日本的喜劇千篇一律，總是拍這種大肚漢吃飯，或是一次吃十個豆沙餅而噎得差點翻白眼，再不然就是二人爭奪一張紙鈔，結果紙鈔被風吹走，雙方慌忙去追紙鈔的場面，觀眾也的確捧場地咯咯大笑，但對男爵而言一切都不好笑。他只覺得悲慘。尤其是鬍子男的這一幕，簡直慘不忍睹。他的腦海甚至冒出「侮辱人格」這個字眼。之後導演想出一個主意。讓吃飯的男人鬍子上沾了飯粒。這就是所謂的好主意！飾演鬍子男的魁梧演員，對著年輕徒弟遞上的鏡子，急著把飯粒沾在鬍子尖，但飯粒已經冷了失去黏著力，因此始終沾不上去。大家都很傷腦筋。賣力的導演助手這時主動上前提議：

「我看哪，不如再拿一顆米飯碾碎當作漿糊，塗在原來那顆米飯上再黏上去就行了。」

男爵覺得太可笑，憋笑憋得身體都發軟了。可他忽然眼角一熱，莫名其妙地很想哭。他恨不得放聲吶喊。但他不可能當場拂袖而去。那樣太失禮。他只能裝出十分佩服的模樣嚴肅點頭，繼續旁觀事情的發展。

那場攝影好不容易告一段落，男爵這才死裡逃生。他連滾帶爬地逃出悶熱的攝影棚，長嘆一口氣。天色早已暗了，星星發出鈍光。

「新少爺。」身後忽有人如此低呼，轉身一看，剛才伺候鬍子男、反覆表演了二十次以上目瞪口呆的那個矮小女孩，自黑暗中浮現黃色的笑臉。「新少爺。你一點也沒變。我剛才一眼就認出你了。可是當時正在拍戲，所以我不便出聲，對不起喔。」女子一口氣說完後，忽然態度肅然一正，「真的是好久不見了。家鄉的諸位都還好嗎？」

男爵這才想起。

「啊，阿富，妳是阿富唄。」男爵甚至冒出一點家鄉口音，可見他有多麼動搖。十年前，阿富在男爵鄉下的家裡當女傭。那時他剛上高等學校，暑假返鄉，只見家裡多了一個身材瘦小、頭髮捲曲、眼神嚴厲的十六、七歲傭人，此人非常親切地想要照料他的日常生活，反而讓男爵煩不勝煩，頗為反感，忍不住事事都故意刁難虐待。甚至曾經命令她把愛犬身上的跳蚤抓得一隻也不剩。小女傭大概在他家待了二年吧。某日忽然就消失了，男爵只是意識到此人不見了，並未再費過更多心思。就是那個阿富！男爵猛然感受到一種惡意。雖不至於寒毛豎立，然而，身體好像異樣發麻。那的確是恐懼。人生的冷酷惡作劇，奇蹟的可能，嚴峻復仇的實現，宛如深山的精氣，令他有切膚刺骨之感。他當下慌了手腳，連聲音都沙啞了。

「難得妳能來啊。」他呢喃無意義的廢話。許是因為一天到晚被訪客打擾，這已經成了口頭禪了。

對方似乎有點興奮，對於男爵這種白痴的傻話毫不介意。

「新少爺才是，難得您來到此地。我很想和您好好敘舊，可惜現在太忙了，啊，對了，不如約九點吧，我在新橋車站前等您。只要一下子就好，那個，真的，還請您答應我。我知道您或許不願意，但真的拜託。」她一邊留意四周，一邊語速極快的低聲懇求，看起來非常認真。男爵向來無法拒絕別人的請求。

「噢，好啊。沒問題。」

離開片場，搭上電車後，男爵非常不愉快。和昔日的女傭在新橋車站見面，令他感到非常低級下流。不顧廉恥。甚至違背倫常。到底該不該赴約，他遲疑許久。最後還是決定要去。男爵的個性沒有強硬到足以坦然毀約。

九點在新橋車站找到瘦小的阿富後，男爵不發一語，只是大步向前走。阿富幾乎是用跑的追在後面，忽左忽右地探頭窺視他的臉，沒完沒了提出種種問題。主要都是關於故鄉的問題。男爵已有八年多沒回過家鄉，對故鄉的人事物一無所知。因此，他只能回以「不知道」或「也許吧」這類含糊曖昧的答覆，最後甚至懶得回答，一氣之下冒出英語「As you see」。他現在恨不得盡快說再見。之後，阿富開始說出奇怪的言論。

「我什麼都知道喔。新少爺的事，我全都聽說了。新少爺，您一點錯也沒有。您很了不起。我從以前就這麼相信。新少爺是好人。您一定吃了不少苦吧。我到處向人打聽，全都知道了。但是新少爺，您要拿出勇氣，好嗎？您並沒有輸。就算輸了，那也是輸給神明。因為新少爺試圖成為神明。那可不行。我也一樣吃了苦喔。新少爺的心情我可以理解。新少爺在某一瞬間，嘗到身為人的最高苦楚。您應該感到驕傲。我相信您。只要是人，都會有缺點。新少爺做了很多好事。用不著害羞。要有自信，您可以理所當然地要求謝禮。新少爺是何等偉大啊。我待在骯髒的世界，所以這點我很了解。」

男爵恍如在夢中。這女人在說什麼？他努力試圖抗拒阿富不可思議的囁嚅。深不可測的敗北感，即使面對這若有似無的愛的喜悅，都讓此人成為悲慘的無能者。Impotent love。被馴養的卑屈。簡直近似白痴。二十世紀的妖怪。他是腮幫子留有青色鬍渣的怪誕巨嬰。

他被阿富推著，腳步踉蹌地走進資生堂。二人在卡座相對坐下後，其他客人不停偷瞄男爵。不是看男爵。就算打量這種貧弱青年的外表也毫無樂趣可言。他們其實是在看阿富。因為她是知名的女演員。男爵是個沒有休閒嗜好的男人，因此不懂大家在看什麼。人們肆無忌憚的注視令他氣憤，遂板起臭臉。

「看吧。都是因為妳戴著那種綴有鳥羽毛的帽子，大家都在笑話呢。太丟人了。我還是最喜歡看女人穿著家居和服的樣子。」

阿富笑了。

「有什麼好笑。妳變得很自大喔。我從剛才就懶得回嘴，反倒讓妳跩起來了，講這種像是剛剛才從婦女雜誌看來的矯情言詞。我壓根不需要妳這種人來安慰。女人就該好好像個女人的樣子。真是太不愉快了。我要走了。應該沒什麼其他事情要講了吧？」說著說著，他感到一股莫名其妙的屈辱。真是太沒禮貌了。居然想把我當成玩伴。像妳這種人，誰要讓妳耍著玩。男爵倏然站起，獨自匆匆走出資生堂。

阿富一派從容，露出母親般的微笑凝望他的背影。

二

男爵走出資生堂，直接返回郊外的家。在那個郊外的小車站下車後，他終於回過神來。得救了。首先，毫髮無傷地全身而退，讓他鬆了一口氣。他暗自讚許自己有勇氣的態度，有點陶醉，然後去站前的香菸店買了十包為訪客準備的蝙蝠牌香菸。像他這種男人，總是心悅誠服地伺候謾罵自己的人，對於溫柔安慰自己的人反而異常囂張地不屑一顧，而且還故作無辜。然而，那天晚上，他終究還是想起自己的故鄉，在床上輾轉反側。

——我還是以我的家世背景為傲。嘴上說了半天，其實還是為自己的家庭感到自豪。那是嚴肅的家庭。如果此刻我手邊有全家人的合照，我甚至想把那張照片放在這個房間的壁龕。人們看了，肯定會羨慕我吧。我在一瞬間不知會多麼得意。我想必會帶著些許誇張，針對那個大家族每位成員的偉大、美好、誠實、恭儉，不厭其煩地敘述，聽眾無不強忍呵欠，我卻誤以為那是他們感動的淚水，因此還是繼續絮絮嘮叨。然而，聽眾終於受不了，「原來如此，你很幸福。」他們發出近似哀號的讚美，打斷了我的炫耀，並且提出一個疑問：「可是，那張照片上頭並沒有你。為什麼？」

對此，我的答覆是：

「這是當然的。因為我做了兩三件壞事，沒資格拍這張紀念照。那是應該的。我完全沒有那個資格。」

現在，我還是這副德性，我的家人們也認為，「這小子太任性，愛撒謊，生性散漫，就讓他在外面多吃點苦頭吧。即使心裡難過，大家也必須袖手旁觀。因為這孩子並非打從根子壞到底，遲早總有一天會醒悟。」他們如此深信，並且正在等待那一天的到來。我也知道他們的想法，所以即使無數夜晚痛苦得想死，還是拚命告訴自己黑夜過去便是黎明，黑夜過去便是黎明……努力苟活於世。三年後，我一定也會出現在那張紀念照的一隅。我的身體不好，說不定，還沒獲准拍那張合照就已經死了。屆時，我的家人會在那張紀念照的右上角放上被白色花圈圍繞的我的笑臉。

然而，那要等到三年後，不不不，說不定要等到五年、十年後。我在鄉下的風評肯定相當糟糕，所以即使家人都想原諒我，某些場合也不容許他們那樣做吧。如果我背負著那樣的惡評，突然有事必須返鄉時，又該怎麼辦？我倒是無所謂，我怕的，是家人不知會有多麼難過。去年秋天我姊姊過世，家裡完全沒通知我。我認為這是情有可原，完全沒怪他們。然而，如果——這麼說當然非常不孝，但我是說「如果」——如果，過世的是我母親，那該怎麼辦？說不定，他們會通知我。就算不通知我，我也只能忍受。這點我早有覺悟。我不怪他們。只是——我還是有點天真，忍不住暗自期待，或許他們會通知我？然後我會被叫回故鄉。我已將近十年沒見過故鄉，即使想偷偷回去也不被容許。這不能怪他們。只是，如果母親過世時我獲准返鄉，屆時，又會發生什麼事呢？

我想先假想一下那個情境。

首先會接到電報。我左右為難。在房間走來走去。非常困擾。說不定會困擾得發出呻吟。我沒錢。我動彈不得。我的訪客們都比我窮，而且過著艱苦的生活，所以即使碰上這種情況，我也不可能向他們求助。光是告訴他們，我都覺得痛苦。訪客們即使在那種非常時刻也幫不上忙，肯定會讓他們比我更痛苦。我不想讓訪客受到無謂的羞辱。那會反過來對我造成更大的痛苦。我忽然很想死。這和其他的事情不同。面對母親的生死大事，我居然這麼沒出息，實在不配身為人子。我想，我已經沒救了，就在這時，我收到電報匯款。是嫂子發來的。內容每次都一樣。三十圓。此刻，我需要五十圓。但那是貪欲。五十圓算是鉅款了。如果有五十圓，一家五口可以不愁吃穿開開心心過上一個月。可以讓一個女孩子幾近全盲的嚴重眼疾完全康復。嫂子或許也想盡量多給我一點錢，但她自己本就無法隨心所欲使用金錢，想必是縮衣節食好不容易才省下的，況且，就算她寄來更多錢，當著大批近親的面前，也得顧忌種種一板一眼的規矩道義，所以我如果還對三十圓不滿，那就太不像話了。我只會對著三十圓匯款感恩膜拜。

接著我會為服裝苦惱。我的理想，是穿久留米藍染和服搭配嗶嘰寬褲。這種平民書生的裝扮，想必最能夠讓我的家人安心。再不然，就穿樸素低調的西裝。在這種場合，必須極力避免穿著彩色襯衫和紅色領帶。我現有的衣服，只有那條寬鬆的長褲，以及鼠灰色外套。沒別的衣服了。甚至沒有帽子。今晚我就穿著這種貌似窮畫家或油漆工的裝扮，去銀座喝咖啡，但我如果以這身衣著現身家鄉，家人八成會感到非常丟臉吧。我在服裝方面很窮困。於是我下定奇妙的決心。我要借衣服。我比一般人稍微矮一點，所以面對這種場合也倍感不便。與我身高相同的人——這麼說或許很奇怪，但全日本真的只有一人。他不是我的訪客，是唯一願意對於我平日放浪生活，提出真心忠告的人，但那位好友比我更窮，他只有一套西服，而且多半不在他手上。因為被他押在別處了。我拿著三十圓趕去找那個友人，簡單解釋原委後，拿出十圓，去他典押衣服的地方贖回，然後，襯衫，領帶，帽子，連同襪子，都向那個友人借，總算湊齊了衣服。不管合不合適，只要能有一套合乎常識的服裝，我就很感謝了。我的頭形大，所以灰色呢帽淺扣在頭上慘不忍睹。西裝是深藍色，領帶是黑色，算是普通的服裝吧。我會匆忙趕往上野車站。至於伴手禮，就不買了。我有很多侄子、外甥、堂兄弟、表姊妹，但大家都習慣收到豪華的伴手禮，所以就算我偷偷送上一本繪本，恐怕也只會讓他們可憐我，更何況，萬一他們的母親基於某種道義不能收下禮物必須硬退回給我，那就更難堪了。我還是決定不買伴手禮了。買好車票就上火車。

抵達故鄉，看著幾乎睽違十年的鄉村風物，我或許會邊走邊哭。我打起精神，走進家門。自己沒有拎行李的身影，顯得格外悲涼。家中有點暗，悄然無聲。嫂子一定會第一個發現我。我已如坐針氈。我肯定像傻子一樣面無表情。只是呆然佇立。嫂子的臉上，分明閃過恐懼。站在眼前的這個男人，這個落魄的中年男人，就是我的小叔嗎？就是那個以前嫂子長嫂子短地伶俐撒嬌，身材過瘦的高校高材生嗎？真噁心，真噁心。此人眼睛黃濁，頭髮稀薄，額頭暗紅，粗鄙地閃著油光，嘴唇，臉頰，鼻子——嫂子在過度恐懼下，甚至渾身顫抖。

至於母親的病房。啊啊，這還是很傷腦筋。無論如何都無法想像。我的幻想，肯定會一語成讖。太可怕了。千萬不能想。那就跳過這段吧。

當我從母親的病房悄然步出時，我那個已出嫁的小姊姊，躡足跟著出來。

「你總算來了。」她低聲說。

而我，大概會忍不住嗚咽吧。

唯有這個姊姊，應該不會怕我，可能會站在走廊上靜待我哭完為止。

「姊姊，我很不孝吧？」

——男爵想像到這裡，把被子拉高蒙住頭。他流下久違的眼淚。

他漸漸變了。漸漸變成膚色赭黑、欠缺詩意的庸人俗物。那並非根據自我意志產生的變化，也不是那種一朝醒來，因為目擊某起偶發事件而產生的驟變。大自然的陽光，五年、十年的風雨，漸漸讓他的身形發胖。宛如一株植物。一如春花開、秋葉紅的自然現象。誰也敵不過大自然。有時，他會這麼低語，醜陋地苦笑。然而，偶爾，他也會老實自覺自己全部輸了，輸得徹底，感到身邊有種新鮮得不可思議的氣息。他朦朧覺得，人生今後才開始呢，問題是，眼下，毫無線索。

最近，他對接待眾多訪客終於開始感到受不了。雖然他依舊沉默傾聽他們夜夜談笑，有時卻感到非常惆悵。在他心裡，並不想責怪訪客們那種因卑屈而扭曲的自我中心主義，以及剎那主義的奇妙虛榮心。他明白，一切都是源於弱小。這些人，對自己深厚的愛情不知所措，面對社會時又太軟弱太笨拙，因此他們已無處可去，只能來我這裡，真可憐。至少我必須親切地款待他們才行——他之前就是這麼想的。然而最近他忽然產生某種疑問，這些人為何不去工作？這是非常素樸的疑問。如果去找工作之後處處碰壁，屆時，就做不收報酬的純義工也行。哪怕笨手笨腳，至少該努力，那才是正確的吧？人生在世，如果不那樣努力，恐怕會艱苦得活不下去。生活的基本，有著如此素樸的命題，思考，耽美，寒暄，全是在那樣的基礎上進行，像他們這樣每晚一成不變地躺著，互相做出虛榮的寒暄，應該是很愚昧、盲目又傲慢膚淺的行為吧？即使是比在場這些人更有高潔靈魂、更有見識的俊美人物，不也一輩子都在從事微不足道的工作，辛苦工作到老。那個拍電影的助手，至少還算是這群人中最正確的。可是大家嘲笑他，連我，都對他的賣力工作受不了，這樣不好。賣力這個字眼，並不低級。也不滑稽。在場這些人，全都貧窮又軟弱。然而，某個時代的社會思潮，讓這類人異樣天真，令人很不愉快。現在的我，真的有餘裕親切款待這些人嗎？我現在，其實一樣貧窮又軟弱。和他們根本毫無分別吧？況且，如今資產階級意識形態的惡德，只殘留在被昔日社會思潮寵溺長大的所謂「公民席佩爾[3]」之間，反而是滅亡的資產階級捨棄了那種頹廢意識，慢慢重新振作起來。正因如此，現代才會呈現更加複雜微妙的風貌吧。神未必會因為人類軟弱或貧窮就加以眷顧。因為其中也有撒旦。強悍之中也有善良。神反而會愛這個。

雖然這麼想，但他畢竟也是個沒出息的男人。毫無自信。他無法拒絕訪客。他害怕。俗話說殺死和尚會禍延七代，對於弱小貧窮的人，哪怕只是拒絕一次，人也會從拒絕的指尖開始腐爛，甚至禍延七代。最後他就這麼優柔寡斷地拖拖拉拉，始終在等著什麼。

三

他收到阿富的來信。

我於三天前來到沼津海邊出外景。每當凝視浪花，總是很想喝汽水；看到富士山，總是很想吃羊羹。因為心裡苦悶，不由說出這樣的插科打諢之語。我已經二十六歲了。算來，已過了十年呢。這些年我學到很多，可惜毫無助益。今天下著濛濛

3《公民席佩爾》（Bürger Schippel）是德國劇作家卡爾．史登海姆（Carl Sternheim，一八七八—一九四二）的作品，以喜劇方式諷刺貪婪低俗的小市民。

細雨，拍攝工作暫停，大家都在隔壁房間玩得很熱鬧。也許，我並不適合當女演員。我想見您一面，已經請好十六、十七、十八這三天的假了，哪天都行，請在新介少爺方便的日子前來。如果您肯光臨我的簡陋住處，我不知會有多開心。隨信附上前往我家的簡略地圖。提出如此失禮的要求，我非常難為情。字跡醜陋，還請見諒。事關我的終生，亟思找人商量，然我別無其他親人可託，因此明知強人所難，仍要拜託您。

阿富敬上

敬致坂井新介先生

最近常聽助理導演S先生提及您的種種。原來您有個綽號叫做男爵啊。真好笑。

男爵在被窩中看完這封信。起先，他笑了。因為感覺非常怪異。阿富也像都市的摩登女郎一樣，用這種怪模怪樣、文謅謅的字眼寫信，這點，顯得格外稀奇，令他笑不可抑。然而，他忽然嚴肅起來。即使可以堅決拒絕他人的贈與，卻無法對別人的請求說不，正是他這種人的宿命。男爵看著隨信附上的簡圖。從拍攝地點的車站還得再坐二站才會到。不去不行。男爵心情黯淡，不大甘願地起床。今天是十六日。他想今天立刻出門，趕緊解決這件事。雖然懶惰，但他似乎只要有事掛心就會恨不得盡快解決。

下了電車，定睛一看，這是比拍攝地點更偏僻的鄉下。一望無垠的麥田，麥苗已長到十幾公分高，柔嫩的綠苗青翠欲滴，這就是所謂的翡翠綠吧，毫無休閒嗜好的男爵思忖。走了五、六分鐘，男爵立刻認出那棟屋子。外觀相當時髦洋氣，把男爵嚇了一跳。他按下門鈴。女傭出來應門。真蠢，就算當上演員，也犯不著這樣端起架子吧，男爵覺得這樣很膚淺。

「我是坂井。」

打扮得花枝招展、眉毛剃光、臉色蒼白的女傭，啊了一聲點點頭，然後恍然大悟地露出卑微的笑容縮回去，緊接著，阿富就穿著銘仙布料做的和服現身玄關。男爵似乎沒注意到她那身家居和服，語帶憤怒地說：

「妳找我到底有什麼事？幹麼寄那種信來？別看我這樣，其實我也是很忙的。」

「對不起。」阿富說著，溫婉地欠身行禮，「歡迎光臨。」她的臉上甚至流露深深的感動。

男爵對此是用下巴回答，

「這房子不賴嘛。啊，院子也很大。照這樣看來，房租應該也很貴吧。」有名的女演員根本不會租房子。這是阿富賺錢後自己蓋的房子。

「虛榮嗎。哼。最好別打腫臉充胖子喔。」男爵煞有介事地規勸。

他被帶去會客室，然後阿富針對她所謂的一生大事和他商量。阿富和現在這家公司簽的合約今年秋天就要到期了，她已二十六歲，打算趁此機會退出演藝圈。鄉下的老父母，打從一開始就對阿富死心了，即使阿富一再叫他們來東京和阿富同住，他們也捨不得丟下鄉下巴掌大的小田地，死都不肯來東京。她還有個弟弟，這小子不顧父母的反對，六年前就自行來投奔姊姊阿富，如今正就讀私立大學。自己該如何抉擇呢？這就是她想找男爵商量的事。男爵目瞪口呆。他懷疑阿富該不會是傻子吧。

「就算開玩笑也該有個分寸才好。」因為太荒唐，男爵甚至起了戒心，說話態度變得有點生疏冷淡。「這算哪門子的事關終生。我看妳分明過得很好。我可是大老遠專程趕來。這種事叫我聽了從何說起。鄉下的老人家既然已放棄妳，完全不打交道了，那就隨他們的意思就好了。至於妳弟弟，不管怎樣好歹都是個男人。總會有辦法吧。妳不用對他負責。今後的人生，應該是妳的自由。妳的煩惱，聽起來簡直太可笑了。」男爵非常不高興。

「是啊，問題是，」阿富落寞一笑，有點欲言又止，然後猛然抬頭，「我正在考慮，是否該結婚。」

「那很好啊。關我什麼事。」

「是。」阿富惶恐地縮起脖子。「就是那個，關於婚事——」

「妳直說不就好了。妳到底把我當成什麼了。妳從以前就是這樣，動不動就囉哩囉唆地纏著我。這樣不好喔。我只會覺得妳在耍我。」他非常惱火。

「不。我絕無此意。」阿富拚命否認，「我想拜託您。能不能請您說服我弟弟——」

「我去說？要跟他說什麼？」

阿富就像走投無路的人默默望著窗外櫻樹的嫩葉。男爵也有樣學樣，跟著眺望滿樹青葉。臉色非常難看。阿富微微聳肩，或許此刻已看開了，用毫無感情的平板語氣流暢地說出原委。原來阿富的弟弟動不動就搬出大道理，不贊成阿富結婚。他在私立大學上預科班，但品行有點不良，上次還因打麻將聚賭被抓進警局。

「我的結婚對象，是個非常認真的正經人，萬一將來我弟弟對那人做出什麼粗暴舉動，我就活不下去了。」

「那是妳太任性。自私自利。」阿富講到一半，男爵就大聲說。女性露骨的任性妄為很可惡，他莫名地同情阿富的弟弟，甚至義憤填膺。「妳想得太美了。蠢貨。太蠢了。妳以為妳是誰啊。」最近，男爵還沒有這麼氣憤過。當他怒吼之際，彷彿一下子拔高了三十公分，體內甚至感到一股不可思議的力量。

他的大發雷霆，令阿富嚇得嘴唇發白，悄然起身。

「那個，總而言之，請勸勸舍弟。」她用幾不可聞的聲音斷斷續續咕噥，隨即扭身衝出房間。

「喂，阿富啊！」十年前喊慣的語氣，不由自主又冒出來，「我可不管嘍！」

這下子鬧大了。

房門無聲開啟，一個膚色淺黑的大眼青年悄悄探頭窺視室內，立刻被男爵眼尖地發現。

「喂，就是你。你是誰？」男爵從來沒有對陌生人用過如此粗暴無禮的語氣。

青年倒是不慌不忙，一本正經地靜靜走進房間。

「您是坂井先生嗎？我以前在家鄉見過您一次。您大概已經忘了。」

「噢，你是阿富的弟弟吧。」

「對，我就是。聽說您有話對我說。」

男爵下定決心。

「有啊。當然有。但我要先聲明，我現在非常不愉快。真的真的很不愉快。你姊姊是笨蛋。我支持你。我向來不懂得隱瞞自己的脾氣，所以我就一五一十地全說了，你姊姊說，她想近日之內就結婚。對方據說是個相當不錯的正人君子。哎，那是好事。非常好。總之不關我的事。但是，接下來就不好了。太卑劣。說穿了很簡單，她嫌你礙事。我相信你。我一眼就看得出來。你們學生，不，我當然也一樣，只不過是迷失了努力方向。不，只是失去那種表達管道罷了。應該是沒有地方可以發揮學問吧。社會無法理解你們心中深藏的誠實罷了。如果被你姊姊拋棄了，你可以來找我。我們一起努力。放心，我也不打算永遠這樣混日子。我從沒受過如此無謂的侮辱。居然被女傭使喚著跑腿，太過分了。先不提別的，對方那個男人也太沒出息了吧。連老婆的一個弟弟都養不起，這像話嗎！」

「不，其實，」青年依舊站著，斷然表明。「我並不打算讓姊夫養活。只是，把我當成穢物退避三舍的態度，讓我很難堪。我也有我的理想。」

「是的。那當然。反正那傢伙肯定不是什麼好男人。」脫口而出後，男爵有點無措。「不管怎樣，都不關我的事。你去告訴阿富，隨便她愛怎樣就怎樣。我非常不愉快。我要走了。她把我當成什麼了！休想，我要走了。你去告訴她，如果她看弟弟那麼不順眼，我願意收留你。」

「不好意思，」青年擋在正欲離開的男爵面前，低聲說道。「什麼收留、養活的，我認為那種問題已經落伍了。首先，你有餘裕再多養活一個人嗎？」男爵大吃一驚，不禁重新審視青年的臉。「對自身行為的覺悟，才是現在最緊急的問題吧？

與其操心他人，不如先救救自己。然後讓我們見識一下。哪怕你做的是不起眼的事，我們也會尊敬你。就算微不足道，我還是相信個人的努力與力量。把以前被拆得四分五裂、墮入混沌深淵的自我意識，重新培養得單純素樸又強大，已成為我們最新的理想。這年頭，還在把自我意識過剩或者虛無主義當成高尚的東西掛在嘴上的人，的確很無知。」

「哇！」男爵發出歡呼似的叫聲。「你，你真的這麼想嗎？」

「不只是我這麼想。我們都覺得自己內心有艱險更勝阿爾卑斯山的難關，拼命想征服。能夠做到的人，被我們稱為個人英雄，比拿破崙更受尊敬。」

來了。等候已久的終於來了。嶄新的，全然嶄新的下一個世代，已經漸漸來臨了。男爵心情激盪，好一陣子都說不出話。

「謝謝。那是好事。非常好。我一直在等待你們的出現。就算被譏笑是濫好人，被批評是笨蛋，被蔑視為廢物，我還是默默忍耐、始終等待。你可知我等了多久！」

說著，淚水幾乎奪眶而出，他慌忙衝出房間。

男爵就此逃走，離開阿富的家，之後青年大搖大擺地在會客室的沙發坐下，獨自奸笑。阿富悄悄開門走進來。

「作戰成功。」不良青年朝天花板吐出煙圈。「這人挺不錯的嘛。我也喜歡他。姊，妳要嫁給他也行喔。這些年妳也辛苦了。十年相思，總算有了回報。」

阿富眼泛淚光，微微向弟弟合掌。

男爵毫不知情，以可怕的速度衝回家，一時之間卻又無事可做，思索半天後，他去家門口貼上「忙中謝絕訪客」的告示。人生的出發，總是充滿浪漫情懷。先試試看再說吧。悲慘的分手後，依然有春天來臨，只可惜無法找回櫻桃園[4]。

4 太宰看了契訶夫寫的《櫻桃園》後，認為那正是自己從小生長的津島家——一個沒落世家大族的寫照，日後更特意寫出《斜陽》這本日本版的櫻桃園。

輯三　嚮往

我彷彿也頭一次明白，人類這種生物，擁有迥異於其他動物的某種高貴品行。

新樹之語

甲府是盆地。四面環山。小學時，上地理課第一次接觸到「盆地」這個字眼，老師做出種種說明，可我還是無法想像實際的情景。來到甲府後，這才恍然大悟。如果把一個很大的池塘放乾，在池底開闢田地建造屋宇，那就是盆地。不過，要打造如甲府般大的盆地，必須放乾周長二百多公里的巨大湖泊才行。

用池底來形容甲府，或許給人的印象是陰森的城市，但實際上，甲府是個熱鬧小巧、充滿活力的城市。人們經常形容甲府是「擂缽的缽底」，但那並不正確。甲府更加洋氣。倒不如說把紳士帽倒扣過來，在帽子底部插上小小的旗子，那就是甲府準沒錯。這是個漂亮又深受文化浸淫的城市。

早春時節，我曾在此地工作過一陣子。下雨天，我沒撐傘便去澡堂。澡堂就在附近。途中，驀然與穿雨衣的郵差打照面。

「啊，等一下。」郵差小聲叫住我。

我並不驚訝。我以為大概是有我的信，板著臉默默朝郵差伸出手。

「不，今天沒有您的信。」郵差說著微笑，鼻頭沾著雨滴閃閃發亮。這是個二十二、三歲的紅臉青年。長相很可愛。

「您是青木大藏先生，沒錯吧？」

「對，我就是。」

青木大藏是我的戶籍本名。

「長得很像。」

「像什麼？」我有點困惑。

郵差笑嘻嘻。我倆在雨中站在路上大眼瞪小眼，沉默片刻。這樣很怪。

「幸吉先生您認識嗎？」他用異常親暱、帶有幾分調侃的口吻如此說道。「內藤幸吉。您認識吧？」

「內藤，幸吉？」

「對，就是他。」郵差似乎已認定我認識對方，自信十足地點頭。

我又想了一下。

「不認識。」

「真的嗎？」這次郵差也認真歪頭納悶，「您的老家，在津輕那邊吧？」

不管怎樣，總不能任由大雨淋成落湯雞，因此我悄然避到豆腐店的簷下。

「來這邊避避吧。雨下大了。」

「好。」他老實地與我並肩站在豆腐店簷下躲雨，「是津輕吧？」

「沒錯。」我的回答不客氣得連自己都嚇了一跳。哪怕是隻字片語，只要觸及我的故鄉，我就會莫名沮喪。心很痛。

「那就對了嘛。」郵差聽了，桃花般的臉頰笑出小酒窩。「您是幸吉先生的兄長。」

不知怎地，我心頭一跳。很不舒服。

「你這話說得真奇怪。」

「不，我確定絕不會錯。」他自顧著興奮。「你們長得很像。幸吉先生肯定會很高興。」

他如燕子般輕盈躍上雨中街道。

「那我們下次見。」他跑了幾步，又轉身說，「我馬上通知幸吉先生，啊？」

我獨自被遺留在豆腐店簷下，恍然如在夢中。這是白日夢。我如是想。毫無真實感。太荒唐了。總之，我一口氣跑到澡堂。把身體沉入浴池，緩緩思考後，漸感不快。不管怎麼想都很惱火。就好像自己明明安分睡午覺什麼也沒做，卻有一隻蜜蜂飛來，螫傷我的臉頰後逕自飛走。就是那種感覺。完全是無妄之災。為了躲避東京的種種恐怖，我悄然來到甲府，沒有告知任何人我的住址，好不容易安頓下來，一點一滴做著貧窮的工作，最近工作總算也上了軌道，正感到一絲竊喜，沒想到又出現這種意外的災難。來歷不明的人物，絡繹出現眼前，朝我微笑，向我搭訕，我被那些妖魔鬼怪包圍，不知如何招呼，只能慌慌張張、不知所措……光用想像的都不愉快！我已無暇顧及什麼工作了。這些人八成又是隨便跑來擾亂我，然後說聲「啊，抱歉，認錯人了」就抽腿離去。內藤幸吉。不管怎麼想，我都不認識那號人物。居然還說我們是兄弟，太荒謬了。顯然是認錯人。遲早等我們見到面，一切應該就會真相大白。不過話說回來，我這種不愉快，誰來補償我。被陌生人說什麼「哥哥，我好想你」，簡直是開玩笑。太噁心了。溫吞黏膩，甚至算不上喜劇。很無知。廉價低俗。

無法忍耐的屈辱感襲來，我離開浴池，對著脫衣間的鏡子攬鏡自照，我的神情異樣凶惡。

我有點不安。今天這場意外的插曲，該不會讓我的人生再次逆轉，跌落谷底深淵吧？我又想起過去的悲慘，這種猝然降臨的難題，的確，這是難題，我不知該拿這種令人笑不出來、荒謬透頂的難題如何是好，心情變得很壞。回到旅館後，無意義地撕破了寫到一半的稿紙，漸漸地，想臣服於這種災難的劣根性抬頭。這麼不愉快，還怎麼寫作！我像要找藉口似地嘀咕，從壁櫥取出甲州產的一升裝白葡萄酒，用茶杯大口牛飲，喝醉了就鋪被窩睡覺。我也是相當愚蠢的男人。

我是被旅館的女服務生叫醒的。

「先生，先生，有客人來訪。」

來了嗎？我猛然跳起。

「請客人進來。」

電燈朦朧發亮，紙門呈淺黃色。大約六點左右吧。

我迅速將被子折起塞進壁櫥，把房間大略收拾後，披上大褂，繫妥繩扣，然後在桌旁端坐準備就緒。我異樣緊張。如此奇妙的經驗，於我而言，一生難有第二回。

客人只有一人。穿著久留米藍染和服。在女服務生的帶路下，默默在我面前坐下，彬彬有禮地寒暄了老半天。我很煩躁。也沒仔細回禮便直接挑明。

「你認錯人了。很遺憾，但你認錯人了。這太荒謬了。」

「不。」對方低聲說，保持伏身行禮的姿勢，仰起的臉孔很端正。眼睛太大，給人有點軟弱的異樣感，但他的額頭、鼻子、嘴唇、下顎，皆如雕刻，線條分明。一點也不像我。

「我是阿鶴的兒子。您忘了嗎？家母曾當過您的奶媽。」

被他這麼明確指出，我才恍然大悟。我大為震驚，差點跳起來。

「是嗎。這樣子啊。原來如此。」連我自己都覺得很丟臉地放聲大笑。「瞧我這記性，真是糟糕。太糟糕了。這樣子啊。真的嗎？」我說不出別的話。

「是。」幸吉露出白牙，開朗地笑了。「我一直想見您一面。」

這是個好青年。優秀青年。我一眼就看得出來。說來，我幾乎是高呼萬歲，甚至身體發麻。我欣喜若狂，只能如此形容最貼切。我欣喜得幾乎喘不過氣。

我一生下來，立刻就有奶媽。理由我不清楚。或許是因為母親身體虛弱吧。我的奶媽叫做阿鶴。來自津輕半島的漁村。當時她還很年輕。丈夫與孩子相繼死亡，剩下她一個人，被我家找來當奶媽。這個奶媽，始終頑強地支持我。她告訴我，一定要成為舉世最偉大的人才行。阿鶴專注於我的教育。我至今都記得，到我五、六歲時，如果我對其他女傭撒嬌，她就會認真擔心，告訴我哪個女傭好，哪個女傭壞，好在哪裡，壞在哪裡，端坐著把成年人的道德一一教導我。她念很多書給我聽，與我形影不離。記得大約在我六歲時，阿鶴帶我去村中小學，我記得那是三年級的教室吧，她讓我坐在後方的空位子聽老師上課。國語我會。毫無困難。然而，到了算數課，我哭了。因為我完全聽不懂。阿鶴當時肯定很遺憾。那時候，面對阿鶴我很羞愧，哭得驚天動地。我那時以為阿鶴是我母親。得知真正的母親另有其人，是在過了很久之後。有一晚，阿鶴不見了。我恍恍惚惚如在夢中。嘴唇冰涼，驀然醒來，只見阿鶴端坐在我的枕畔。油燈昏暗，然而穿著潔白美麗衣裳的阿鶴閃閃發光。她像個外人般冷冰冰地坐著。

「還不起來嗎。」她小聲說。

我努力試圖起來，但我很睏，怎樣都無法清醒。阿鶴倏然起身走出房間。翌晨，當我起床後，得知阿鶴已不在家中，我滿地打滾地嚎啕哭喊著：阿鶴不見了，阿鶴不見了！幼小的心靈只覺肝腸寸斷。那時候，如果我聽阿鶴的話乖乖起床了，不知會發生什麼事，想到這裡，至今我仍悲傷又懊惱。阿鶴就此遠嫁他鄉。這件事，我過了很久之後才聽說。

在我小學二、三年級時，中元節時阿鶴曾來過我家。她完全變了一個人，身旁還帶著一位膚色白皙的小男孩。她在廚房的地爐旁，和那個小男孩並肩坐著，像客人一樣態度客氣、疏遠。即使對著我，也彬彬有禮地鞠躬，非常客套。祖母驕傲地把我的在校成績告訴阿鶴，我不禁面露喜色，阿鶴見了，扭頭正眼面對我。

「即使在鄉下考第一，到了外頭，還有更多優秀的孩子。」她說。

我聽了，赫然一驚。

之後，我再也沒見過阿鶴。隨著時光流轉，我對阿鶴的記憶也日漸淡去。我上了高等學校後，暑假返鄉，從家人口中得知阿鶴過世，但我並沒有哭。據說阿鶴的丈夫在甲州甲斐的絲綢批發行當掌櫃，前妻已過世，膝下也無子，之後便一直單身直到年紀老大。他一年會來我的家鄉洽商一次，後來，透過別人介紹娶了阿鶴。這些事，我甚至直到這時才首次耳聞，家人似乎也不知更多詳情。分別十年，無論阿鶴是死是活，我對她的感覺，都只剩下年輕時那個拼命照顧我的養母阿鶴，儘管有懷念之情，但其他的阿鶴全然等同陌生人，就算聽到阿鶴的死訊，我也只是覺得「啊，這樣啊」，完全不激動。之後，又過了十年，阿鶴藏在我遙遠的記憶深處，散發出雖然微渺卻永不消失的尊貴光彩，然她的身影已在記憶中完全定格，因此我作夢也想不到，她會與我現在的現實生活扯上關係。

「阿鶴以前住在甲府嗎？」我連這個都不知道。

「是，家父曾在此地開店。」

「我聽說他在甲斐的絲綢批發行工作——」之前我聽家人說，阿鶴的丈夫在甲斐的絲綢批發行當掌櫃，因此一直記得這件事。

「是，他曾在谷村的丸三商店做過，後來自行開業，在甲府經營過和服布料店。」

聽他說話的方式，不像是在談論活著的人，因此我忍不住問：

「令尊還健在嗎？」

「已經過世了。」他明確回答，然後似乎有點落寞地笑了。

「那麼，你父母都不在了。」

「是的。」幸吉的態度淡然。「家母過世，您應該知道吧？」

「我知道。我上高等學校那年聽說的。」

「是十二年前。那年我十三歲，正要從小學畢業。之後過了五年，我即將自中學畢業時，家父也發狂死去。家母死後，他似乎就已了無生趣，後來，大概是因為他開始偶爾花天酒地吧，雖然店開得很大，生意卻每況愈下。當時似乎全國的和服布料店都不景氣。想必家父也有許多痛苦吧。他最後死得很慘，是投井自殺。但對外人，我們都說他是心臟病發作。」

他的態度不亢不卑，也沒有故意暴露家醜、自暴自棄之意，只是淡然地簡潔陳述事實。我甚至從他的言辭之間感到一種爽快，然而，涉及旁人的家務事還是令我不安，我也不願干涉太多，因此立刻轉移話題。

「阿鶴是幾歲過世的？」

「家母嗎。她是三十六歲過世的。她是個好母親，直到臨死前，還提起您的名字。」

然後，對話就此中斷。見我沉默，青年也沉默以對。我始終想不出該說什麼，正覺得難堪之際——

「要不要出去走走？您在忙嗎？」他開口相邀，拯救了我。

我如釋重負。

「好啊，出去走走吧。不如一起吃晚飯？」我立刻站起來，「雨好像也停了。」

我倆聯袂走出旅館。

「今晚，我其實有計畫。」青年笑著說。

「啊，是嗎？」我已不再有絲毫不安。

「請您默默配合我。」

「沒問題。去哪都行。」就算犧牲全部工作，我想我也無怨無悔。

走在路上。

「不過，虧你能找到我。」

「是啊，您的大名，打從之前就聽家母朝夕提及，恕我冒昧，我覺得您就像我的親哥哥，奇妙地抱著樂觀心態，總覺得我們遲早會見面。很奇怪吧，因為堅信遲早會見面，所以我的心態很悠哉。只要我健康活著就沒問題。」

驀然間，我意識到眼皮發熱。原來還有人這樣暗自等待我。我心想，活著，真是太好了。

「我十歲那年，你大約才三、四歲吧，我們不是見過一面嗎？阿鶴在中元節帶了一個膚色白皙的幼童來，那孩子非常有禮貌，很乖巧，所以我當時有點嫉妒那孩子。那是你吧？」

「或許是我吧。我不記得了。我長大後，聽家母那麼說，好像模糊想起了一些。印象中，那是趟長途旅行。府上的門前，有條清澈的小河。」

「不是河。那是水溝。院子的池塘水漫出來，流到那裡。」

「這樣子啊。另外，府上的門前，還有高大的紫薇樹。樹上開滿火紅的花朵。」

「應該不是紫薇吧。若是合歡樹，倒是有一棵。而且也沒那麼高大。大概是因為你那時候還太小，看到水溝和小樹，都覺得特別巨大。」

「也許吧。」幸吉老實地點頭，笑了。「除此之外，其他的我完全不記得了。

至少若能對您的長相有印象就好了。」

「對三、四歲的事沒印象是理所當然。不過，怎麼樣，初次見面的大哥，居然窩在破旅館無所事事，看起來灰頭土臉，你不覺得失望嗎？」

「不會。」他斷然否定，但是看起來有點尷尬。他果然失望了。如果早知道有他這號人物的存在，我至少應該去當個中學老師。我懊惱地暗想。

「之前那位郵差，是你的朋友嗎？」我轉移話題。

「是的。」幸吉的神色倏然一亮，「我們是好朋友。他姓萩野。是個好人喔。這次他可是大功臣。因為我老早就跟他提過您，所以他也久仰您的大名。後來，因他經常去您那裡送信，好像就忽然想到，您會不會就是我說的那個人。五、六天前，他來找我，那樣告訴我後，我也很興奮，我問他對方是什麼樣的人，他說他只是去旅館送信，沒有親眼見過本人。我說既然如此，那下次拜託幫我不動聲色地偵查一下狀況，否則如果認錯人會很丟臉。連我妹妹聽了，都跟著一起瞎起鬨。」

「你還有妹妹？」我的喜悅益發強烈。

「對，跟我差四歲，今年二十一。」

「如此說來，你——」我的臉頰倏然發燙，慌忙改口。「你二十五歲啊。跟我差了六歲。你現在在哪高就？」

「就在那家百貨公司。」

抬眼一看，大丸百貨五層樓房上的每扇窗口都亮著璀璨燈光。這一帶，已是櫻町，是甲府最熱鬧的大街，本地人都稱之為甲府銀座。看起來就像把東京的道玄坂整頓得乾淨清潔後的模樣。馬路兩旁絡繹不絕的行人也很悠閒愜意，而且頗為時髦洋派。賣花木的攤子已擺出杜鵑花。

沿著百貨公司右轉，就是柳町。這一帶很安靜。兩側家家戶戶都是黑沉沉的老店。想必是甲府中格調最高的一條街。

「百貨公司現在應該很忙吧？據說最近景氣很好。」

「非常忙。之前也是，只不過提早一天進貨，就賺了快三萬圓。」

「你做很久了？」

「中學畢業後就進去上班了。因為我等於沒有家了，大家都很同情我，再加上有家父的友人們照顧，這才得以進入百貨公司的和服部門。大家都很親切。舍妹也在一樓上班。」

「真了不起。」這絕非奉承之詞。

「容不得任性哪。」他忽然用深思熟慮的成熟口吻感嘆，令我忍俊不禁。

「不，你也很了不起。一點都沒有沮喪失意。」

「我只是盡力而為罷了。」他略微挺起胸膛說道，然後停下腳步。「就是這裡。」

我定睛一看，是一間同樣黑沉沉、門面約有十八公尺寬的古典料亭。

「太高級了。恐怕很貴吧？」我的錢包裡，只有一張五圓紙鈔，以及兩三圓的零錢而已。

「沒事。不要緊。」幸吉異樣意氣風發。

「這家肯定很貴喔。」我說，實在提不起勁。大塊朱色匾額上刻著「望富閣」，看來相當氣派，八成很昂貴。

「我也是第一次來。」幸吉有點退縮，小聲向我坦白，然後，想了一會又重新打起精神，「沒事。不要緊。非得在這裡不可。走，我們進去吧。」

好像有什麼隱情。

「沒問題嗎？」我不想讓幸吉太破費。

「這是我從一開始就計畫好的。」幸吉用斬釘截鐵的語氣說，然後察覺自己的亢奮，似乎很難為情，笑了出來，「今晚，您不是已答應我不管去哪都奉陪到底嗎？」

被他這麼一說，我也下定決心。

「好，進去吧。」這是破釜沉舟的決心。

走進料亭，幸吉看起來不像初次上門的客人。

「我要前棟二樓的四坪包廂。」

他對來接待的女服務生如此說道。

「哇，樓梯也變寬敞了。」

他一臉緬懷地四下張望。

「怎麼，你好像不是第一次來？」我小聲問他。

「不，是第一次。」他一邊回答，一邊頻頻詢問女服務生：「四坪包廂會不會光線太暗？五坪的有空房間嗎？」

我們被帶去前棟二樓的五坪包廂。這是個好房間。無論是門框上方的鏤空透氣板、壁面、紙門，全都古老又有厚實感，絕非粗製濫造。

「這裡一點也沒變。」幸吉與我隔著矮桌坐下後，他一下子仰望天花板，一下子回頭打量門框上方，坐立不安地如此嘀咕，「咦，壁龕好像有點不一樣了？」

然後他直視我的臉，嘻嘻笑著。

「這裡啊，以前是我家。我一直希望有天能夠回來看看。」

聽到這裡，我也忽然激動了。

「原來是這樣啊。難怪我覺得屋內格局不像料理店。原來如此。」我也仔細地四下打量房間。

「這個房間，您知道嗎，當時堆滿店內的貨品，我們就拿那些布匹堆成高山深谷以爬玩。這裡，您瞧不是日照充足嗎？所以家母經常坐在您現在坐的地方縫衣服。那已是十幾年前的往事了，但是來到這個房間，昔日種種還是會一一清楚浮現於腦海。」他安靜站立，把面向大馬路的明亮紙窗拉開一條縫。

「啊，對面還是老樣子。是久留島家。旁邊是線屋。再旁邊是秤屋。一點都沒變呢。啊，可以看見富士山。」然後他朝我轉過頭，「一眼就可看見。您瞧，和以前一樣。」

我從剛才就已受不了了。

「哪，我們回去吧。這樣不好，在這裡連酒都喝不下去。既然你已經看過了，我們還是走吧。」我甚至心生不悅。「這是個糟糕的計畫。」

「不，我並不感傷。」他關緊紙窗，回到桌旁側坐，「反正，已經是別人家了。不過，睽違多年後回來看，一切都變得很稀奇，我很開心。」不是說謊，他是衷心喜悅地微笑。

他那種心無芥蒂的態度，令我嘖嘖感嘆。

「要喝酒嗎？如果是啤酒我倒是能喝一點。」

「日本酒不行嗎？」我也決定在這裡喝酒。

「我不喜歡。家父一喝酒就發瘋。」他說著，笑得很可愛。

「我倒不至於發酒瘋，但也算是相當愛喝。不然，我喝清酒，你喝啤酒好了。」

今晚不如徹夜痛飲！我容許自己放縱一回。

幸吉拍手準備叫女服務生來。

「那邊不就有呼叫鈴嗎？」

「啊，對喔。以前還是我家時，沒這種東西。」

我倆都笑了。

那晚，我醉得很厲害。而且意外地醉得很難看。都是那首搖籃曲害的。我喝醉了從來不會唱什麼歌，但那晚，不知是怎麼想起的，忽然亂七八糟地唱起了「故鄉的土產收到什麼，咚咚大鼓」云云，幸吉也低聲應和，但壞就壞在這裡。他彷彿獨自背負了全世界的感傷，叫我情何以堪。

「不過，真好。乳兄弟真好。如果是親手足的話，血脈太親近，關係黏糊，有時會招架不住。可是乳兄弟只有乳汁的關聯，清爽多了。啊啊，今天真開心。」我說著那種話，努力試圖逃離眼前的悲傷，畢竟，盤腿坐在奶媽阿鶴以前天天埋頭做針線的同樣位置喝酒，怎麼可能醉得開心。驀然一看，彎腰駝背縫衣服的阿鶴，彷彿就端坐在我身旁，讓我實在無法從容不迫地與幸吉安心聊天。我獨自拼命灌酒，之後，我不停出難題刁難幸吉。我開始欺負弱小。

「哪，之前也說過的，你見到我，想必很失望吧。不，我懂。我不想聽你辯解。如果我現在當上大學教授，你八成會更早找到我在東京的家，然後帶著你妹妹一起來拜訪我。不，我不想聽你辯解。可惜我現在甚至居無定所，是個連自己都瞧不起的窩囊廢作家。而且沒沒無聞。我除了青木大藏這個名字之外，還有一個寫小說專用的古怪筆名。雖然有，但我不會告訴你。就算說出來，你們肯定也沒聽過。那是個你們絕對從來沒聽說過的怪名字。說了也是白說。不過，你可不要瞧不起我喔。在這世上，像我們這種人的確也是必要的。是不可或缺的重要齒輪之一。我對此深信不疑。所以，就算痛苦，還是這樣努力活著。誰要去死啊。要自愛。人絕對不可忘記這個。到頭來，能倚仗的，只有這種心情罷了。很快的，就連我也會飛黃騰達。就算有一兩棟這種房子又算什麼。我一定會大手筆買回來給你看。別沮喪，別失意。要自愛。只要不忘記這個，就絕對沒問題。」說著，自己忽感心酸。「切不可沮喪。聽著，你的父親，還有你的母親，當初兩人同心協力建造了這棟房子。之後，因為時運不濟，不得不將這棟房子脫手。然而，我如果是你的父母，絕對不會為此難過。因為二個孩子都健康地長大了，沒有任何地方會讓外人在背後指指點點，爽快地過著每一天，天底下還有比這更開心的事嗎？這是重大勝利。是Victory！這種房子就算來個一兩棟又算什麼。千萬不可留戀。你要拋開過往種種。要自愛。還有我陪伴呢。誰會哭啊。」哭的人是我。

後來，一切變得亂七八糟。說了什麼，做了什麼，我幾乎都不記得了。我去過一次廁所。幸吉替我帶路。

「你怎麼哪裡都知道。」

「家母以前打掃時最注重廁所的清潔。」幸吉笑著回答。

除了這個，我還記得一件事。當我爛醉如泥直接躺下後，我的枕畔響起少女的聲音，

「本來還聽說跟萩野先生長得很像呢。」我猜想是他妹妹來了，因此躺著說：

「是啊，是啊。幸吉和我不是一家人。我們沒有血緣關係。只有奶媽的關係。怎麼可能會像。」然後故意誇張地翻個身，「像我這種酒鬼太沒出息了。」

「怎麼會。」天真少女的聲音很急切。「我們很高興呢。請您好好生活，啊？

千萬不要喝太多酒。」

嚴厲的語氣，和奶媽阿鶴的語氣一模一樣，我不禁微睜雙眼悄悄仰望枕畔的少女。她規矩端坐，目不轉睛地看著我，因此與我的醉眼倏然對上。少女露出微笑。美得如夢似幻，酷似出嫁前夕那晚的阿鶴。之前不快的爛醉，頓時清涼退去，我非常安心，然後，好像又睡著了。我醉得太厲害了。事後能夠清楚想起的，只有去廁所時的事，及少女的微笑，僅此二樁而已，其餘的我完全沒印象了。

我半夢半醒地被送上計程車，幸吉兄妹似乎分坐我左右。途中，傳來嘎嘎嘎的怪異鳥鳴。

「那是什麼？」

「是鷺鷥。」

我隱約記得有這樣的對話。果然是住在山間小城啊，我雖酒醉也感受到一股旅愁。

送我回到旅館後，幸吉兄妹大概還替我鋪了床，我像被扔棄的鱈魚般昏昏沉沉睡到翌日近午時才醒來。

「郵差來了。在玄關。」旅館的女服務生叫醒我如此稟報。

「是掛號信嗎？」我還有點不清醒。

「不是。」女服務生也笑了。「他說想見您一面。」

我終於想起來了。昨日種種，逐一浮現腦海，即使如此，總覺得自始至終全部恍如一夢，實在無法相信它們真的在這世間發生過。我一邊以手心抹去鼻翼出的油，一邊走去玄關。昨天的郵差果然站在那裡。還是一樣臉孔可愛，滿面笑容。

「啊，您還在睡嗎？聽說您昨晚喝醉了。沒什麼不舒服吧？」他的語氣非常親暱。

「沒事，沒有不舒服。」我畢竟有點不好意思，啞聲不悅地回答。

「這是幸吉的妹妹給您的。」他遞上一束百合花。

「這是幹什麼？」我茫然望著那三、四朵潔白的花朵，打了個大呵欠。

「昨晚您不是說過嗎，不需要任何幫助，只要有一朵花裝飾房間便已足夠。」

「是嗎？我講過那種話？」我姑且先收下那束花，「哎，謝謝，不好意思。請替我轉告幸吉和他妹妹。昨晚真是太失禮了。我平時不會那樣的，所以請他們別害怕，歡迎常來旅館找我玩。」

「可是，您昨天才說，這樣會打擾您工作，叫他們不要來旅館。您還說，等改天您工作告一段落了，大家再一起去御岳玩。」

「這樣啊。我居然講過那麼荒唐的話啊。工作方面，不管怎樣都來得及，所以無論是去御岳還是哪裡，我肯定可以一起去，麻煩你這麼替我轉告一聲。我隨時都有空。不過最好盡快。我想在這兩三天之內就去。當然，這也要看他們的時間是否方便。請替我這麼轉告。我真的隨時都可以。」我越講越激動。

「我知道了。我也會一起去。今後還請多多指教。」他這麼打招呼時，態度異樣緊張，我不禁重新審視他的臉。只見他已滿臉通紅。

我稍作思考，立刻懂了。這個郵差和那位少女，將來肯定會感情美滿吧。我原本有點惆悵又有點困惑的感情，也立刻當場就整理清楚了。我想，那樣也好。

我叫女服務生找個適合的花瓶，把百合花插起後送到我房間，然後回到房間坐在桌前。我必須寫出好文章才行。好弟弟、好妹妹的私下聲援，讓我感到背後一陣涼意，即使只是為了他們，我也得設法變得稍有名望才行。驀然瞥向一旁，只見我昨晚出門穿的衣服，整齊地疊放在枕畔。肯定是我新認識的小妹妹，昨晚替我脫下、摺疊好放在那裡的。

第二天，發生了火災。那時我還在工作，尚未就寢。深夜二點多忽然響起刺耳的火警鐘聲，因為敲鐘敲得太猛烈，我不禁起身拉開玻璃門觀望。只見火焰熊熊，離旅館還有一大段距離。今晚完全無風，因此火焰盡情地向上攀升直達天際，那種熊熊燃燒的動靜，彷彿這裡都可清楚聽見，壯觀得令人顫抖。驀然一看，正值月夜，隱約可見富士山，不知是否為心理作用，富士山好像也被火焰照耀成淺紅色。四周的山脈看起來同樣大汗淋漓、面泛紅潮。甲府的火災，彷彿池底的大型篝火。茫然眺望之際，我想起柳町、昨晚的望富閣。很近。記得就在那一帶。我立刻在棉袍外披上大褂，把毛線圍巾纏繞在脖子上，衝出大門。一口氣跑完一千五、六百公尺的距離抵達甲府車站時，已筋疲力盡。我倚靠、恨不得抱住電線桿，氣喘吁吁地暫時歇腳，果然，從我面前匆匆跑過的人群紛紛叫嚷著柳町、望富閣。我反而鎮定了下來。這次，我緩緩邁步，一直走到縣府官廳前，聽到人們竊竊私語要去舊城、去舊城。有道理，如果爬上舊城，肯定可以把火災看得一清二楚，我也察覺這是好主意，於是尾隨眾人，有點哆嗦地走上舞鶴舊城遺跡的石階。最後抵達石牆上的廣場，定睛一看，就在正下方，烈火熊熊燃燒，伴隨著悽慘的轟隆巨響，彷彿在俯瞰火山噴火口。不知是否為心理作用，我的眉毛甚至也感受得到熱氣。我當下渾身顫抖。看到火災，就會莫名地全身不停發抖是我從小就有的毛病。「牙齒打架」這個形容詞，此刻我的確能切身感受到。

忽然有人拍我肩膀。我轉頭向後一看，幸吉兄妹面帶微笑站著。

「啊，燒掉了呢。」我的舌頭打結，話都說不清楚了。

「對，那棟房子早該燒掉了。家父家母都很幸福呢。」火光照耀下，並肩而立的幸吉兄妹看起來有種凜然的美感。「啊，火勢好像也延燒到後棟二樓那邊了。全毀了呢。」幸吉獨自呢喃，露出微笑。的確是單純的「微笑」。我對這十年來，自己內心被感傷焚燒的愚蠢深感羞恥。忘記睿智的我，只憑著盲目的激情活到今日今時，那種激情甚至讓我感到醜惡。

一旁不斷傳來野獸的咆哮聲。

「那是怎麼回事？」我從剛才就感到奇怪。

「緊靠後方，就是公園的動物園。」幸吉的妹妹告訴我。「要是讓獅子逃出來就不得了了。」她笑得很坦然。

你們是幸福的。你們勝利了。今後，還會變得更加更加幸福。我誇張地交抱雙臂，即使如此，還是渾身不停發抖，於是我不禁悄悄緊抱雙臂。

關於愛與美

兄妹五人，都喜歡浪漫。長子二十九歲。是法學士。雖有待人接物略嫌妄自尊大的壞毛病，但這其實是他保護自身軟弱的鬼面具。他很軟弱，也很溫柔。他和弟妹們一起去看電影時，嘴上雖批評這片子很差勁、很拙劣，卻又同時醉心於電影的武俠道義人情。第一個哭出來的，每次都是這位大哥。鐵定的。出了電影院後，他又突然變得自大，板著臭臉，一路上半句話也不說。他毫不猶豫地宣言，自己打從出生以來未曾說謊。這點雖然暫時存疑，不過，他的確具有剛直、潔白的一面。他的在校成績不太好。畢業後沒出去上班，始終守著一家人。他在研究挪威劇作家易卜生的作品。最近他重讀《玩偶之家》，有了重大發現，因此頗為興奮。「娜拉當時戀愛了，她愛上了藍克醫生」，這就是他的新發現。他召集弟妹們，指出這點，激動地扯開嗓門努力說明，可惜終歸是徒勞。弟妹們只是狐疑地歪起腦袋嘻嘻笑，完全沒有流露興奮之情。弟妹們其實都小看了這位兄長，有點輕視他。

長女二十六歲。迄今未嫁，任職於中央政府機構鐵道省。她精通法語。身高一百六十公分。身材纖瘦，被弟妹們戲稱為馬。頭髮剪得很短，戴著圓框眼鏡。她性喜熱鬧，能和任何人立刻結為朋友，為對方拼命奉獻，然後遭到拋棄。這是她的嗜好。她偷偷享受著憂愁、寂寥之感。然而，她也曾迷戀任職於同一部門的年輕官員，之後同樣遭到拋棄，唯有那次，使她深受打擊，再加上見面很尷尬，因此謊稱肺病，請假躺了一星期。後來她的脖子包著繃帶，動不動就咳嗽，去看醫生後，經過X光詳細檢查，被醫生誇獎她擁有罕見的強壯肺臟。她對文學鑑賞是動真格的，堪稱博覽群書，不分古今東西，閒來無事索性自己也動筆偷偷寫作，並藏在書櫃右邊的抽屜。在她寫的作品上，端端正正地放了一張紙條，要求人們在她逝世二年後再發表。但她後來又將紙條上的「二年後」改為「十年後」，過幾天又改為「二個月後」，有時甚至改為「百年後」。

次子二十四歲。此人很庸俗。就讀帝大醫學系。不過他很少去學校。因為他體弱多病。他才是真正的病人。有張俊美得驚心動魄的臉蛋。個性吝嗇。大哥受人欺騙，殺了半天價才買來據說是法國哲學家蒙田使用過，看起來平平無奇的舊球拍，大哥正在洋洋得意炫耀時，次子卻私下激憤過度發起高燒。那場高燒，最後弄壞了腎臟。他對人，無論任何人，都有輕蔑的傾向。不管別人說什麼，一律嗤之以鼻，肆無忌憚地發出猶如烏鴉天狗、令人極不愉快的怪笑聲。他張口閉口都是歌德。倒不是因為敬佩歌德素樸的詩歌精神，似乎只是豔羨歌德的高官地位，平時頗有幾分那種跡象。相當可疑。不過，兄妹競相創作即興詩歌時，他總是得第一。他很會寫詩。正因為是俗人，才能客觀明晰地掌握所謂的熱情。如果他願意努力，或許可以成為一流作家。家中十七歲的跛足女傭，愛他愛得要死。

次女二十一歲。很自戀。某報社舉辦日本小姐選美比賽時，她連著三晚輾轉反側，恨不得毛遂自薦。她想大聲吶喊。可惜輾轉反側三晚後，察覺自己身高不夠，只好黯然放棄。兄弟姊妹之中，就她身材特別矮小。只有一百四十二公分。但她長得絕不難看，反而頗有姿色。深夜裸體照鏡子，她會做出可愛的微笑，還拿絲瓜露清洗雪白圓潤的雙足，輕吻自己的指尖，心醉神迷地閉上眼。有一次，她的鼻頭長出針尖般大的疙瘩，她在憂鬱過度下，甚至企圖自殺。她看書頗有特色。從舊書店蒐羅明治初年的《佳人奇遇》、《經國美談》等書，獨自吃吃笑著閱讀。她也很愛看黑岩淚香、森田思軒等人翻譯的外國小說。更不知從哪裡蒐集了很多不知名的同人誌，一本正經地咕噥著「有意思、寫得好」，從頭到尾仔細閱讀。其實，她私底下最愛看泉鏡花。

么弟十八歲。今年剛進入一高的理科甲組就讀。上了高中後，他的態度俄然一變。在兄姊們看來，他那樣實在很可笑。然而么弟非常認真。即便是家中雞毛蒜皮的小紛爭，他也總是要插一腳，也沒人拜託他就自己深思熟慮似地做出裁決，對此，母親及兄姊都很受不了。最後全家都對么弟敬而遠之。么弟為此深感不滿。長女不忍見他氣呼呼的模樣，遂寫了一首和歌「縱然自以為長大，恐亦無人視汝成人」送給么弟，聊以慰藉他在野遺賢的無聊落寞。因他的臉蛋如小熊般可愛，兄姊們對他過度照顧，反而讓他的個性有點毛毛躁躁。他愛看偵探小說。經常獨自在房間變裝。還宣稱要研究外語，買來柯南道爾的英日對譯小說，卻專門看日文的部分。兄弟姊妹之中，他認為只有自己在擔心母親，因此私底下頗有悲壯之感。

父親五年前已過世。不過，他們並不愁吃穿。簡而言之，這是個幸福家庭。有時大家皆深陷可怕的無聊感，因此很困擾。今天是陰天，星期天。這是嗶嘰布的季節。等陰鬱的梅雨過去，夏天就要來臨。大家聚集在客廳，母親準備了蘋果汁給五個孩子喝。只有么弟一個人用特大號杯子。

按這個家的慣例，無聊時，大家會一起創作故事。偶爾母親也會加入。

「沒什麼好點子呢。」大哥自大地環視四周。「今天有點想創造一個與眾不同的主角。」

「最好是老人當主角。」次女在桌上托腮，而且是用一根食指支撐單邊臉頰，看起來很做作，「昨晚，我想了很久。」少來了，分明是此刻才臨時想到的主意。「我發現在人類當中，最浪漫的就是老人。老太婆不行。一定要是老爺爺。老爺爺文風不動地坐在簷廊，光是這樣的畫面不就已經很浪漫了？太美了。」

「老人嗎？」大哥假意想了一下，「好，就選這個題目吧。最好盡量是那種充滿甜蜜愛情的綺麗故事。上次的《格列佛遊記》續集有點太過悽慘了。最近，我又重讀布蘭德，總覺得沉重。太艱深了。」他老實招認。

「讓我來吧。交給我。」也沒仔細思考，立刻大聲自告奮勇的是么弟。他咕嚕咕嚕地灌下大杯果汁，慢條斯理地開始發表意見。「我嘛，我個人呢，是這麼想的。」他的語氣異樣老成，逗得大家苦笑。二哥也照例發出那種嗤之以鼻的怪笑聲。么弟氣呼呼地鼓起臉。

「我認為，那個老爺爺，肯定是偉大的數學家。一定是這樣沒錯。他是個了不起的數學家。當然是博士。舉世知名。現在正是數學劇烈變化的時期。過渡期開始了。世界大戰結束後，從一九二〇年至今，大約有十年時間都在發生那種現象。」他把今天在學校剛聽來的知識原封不動地照搬過來，真讓人受不了。「如果回顧數學的歷史，它的確隨同各時代而變遷。首先，在最早的階段，相當於發現微積分學的時代。之後相對於希臘傳來的數學，算是廣義的近代數學。從此開創新領域，之後立刻進入求廣而非求深的時代，是擴張的時代。那就是十八世紀的數學。到了十九世紀，還是有其階段。換言之，此時也是變化劇烈的時代。如果要選出一位當時的代表人物，比方說高斯，Gauss，g，a，u，s，s。若說劇烈變化的時代是過渡期，那麼現代正是大過渡期。」這完全不像在講故事。但么弟很得意。他內心竊喜，覺得自己越講越順了。「數學變得越來越繁瑣，而且唯有定理特別氾濫，過去的數學，已經完全走進死胡同。淪為一種背誦。這時，毅然站出來大聲疾呼數學之自由性的，正是現在要說的這位老博士。他很了不起。如果他去當偵探，無論任何怪異棘手的奇案，他只要去現場轉一圈，立刻就能輕易解決。他就是這麼聰明的老爺爺。總之，就像數學家康托爾說的，」他又開始了。「數學的本質，就在於自由性。此言誠然不虛。自由性，是翻譯自Freiheit。在日語當中，自由這個名詞，起初好像帶有政治意味，所以和Freiheit的原意或許並不契合。所謂的Freiheit，指的是不受限制，不被拘束，很樸素的東西。至於不frei的例子，在我們身邊就有一大堆，例子太多反而難以舉出。比方說，我們家的電話號碼如各位所知是4823，通常會在千位數與百位數之間加上逗點，寫成4,823。如果像巴黎一樣寫成48-23，至少還比較容易理解，可是如果不管什麼都得每隔三位數就打一個逗點，那就成了畫地自限的囚徒了。老博士很努力，試圖打破類似這樣的一切陋習。他很了不起。法國數學家龐加萊說，唯有真理值得愛。誠然。只要簡潔直接地尋得真理，那樣就好。沒有比那個更好的。」講到這種地步已經沒有故事可言了。兄姊們面面相覷，非常傷腦筋。么弟又繼續他的長篇大論。「一講起這種純理論就沒完沒了，真是抱歉。正巧我最近在學解析概論，稍有小小的心得，我想以級數為例來說明。雙重，或者雙重以上的無限級數，定義應該有二種。如果畫出來給大家看，想必更容易理解，簡而言之，就是法式和德式這二種。結果雖然相同，但法式的立場更合理，足以讓所有人接納。然而，目前所有關於解析的書籍，很不可思議地，竟不約而同都坦然採用德式。所謂的傳統，似乎甚至會激發某種宗教心，而這種宗教心也漸漸滲透進數學界。這絕對必須排除。老博士就是要打破這種傳統。」他越講越意氣昂揚，可大家都聽得意興闌珊。只有么弟一個人，就像在扮演那位老博士，繼續他的長篇大論。

「最近，人們習慣在解析學的開頭講述集合論。對此，我抱有疑問。比方說，以絕對收斂為例，以前是用於不管順序逕自判定總和的意思。相對有條件收斂這個名詞。而現在，則是指取絕對值的級數收斂。級數收斂，絕對值的級數不收斂時，可以變換數項的順序，讓它tend任意的limit，絕對值的級數變成一定要收斂，所以可以這樣。」自己的敘述開始有點不確定了。很惶恐。啊啊，我房間桌上，就放著高木老師的那本書！雖然這麼想，事到如今，也不可能去拿那本書。那本書上，全都寫得清清楚楚。但現在我很想哭，舌頭打結，渾身哆嗦，只能擠出哀號似的高亢嗓音。

「簡而言之！」兄姊們都低下頭吃吃笑。

「簡而言之，」這次，他的聲音幾乎要哽咽了。「說到傳統，就算它有天大的錯誤，人們也會不在意地忽略。然而，細節之處仍有許多問題。我深切希望，基於更自由的立場，出現更初等、更適合一般大眾的解析概論。」亂七八糟。么弟的故事到此結束。

氣氛有點冷場。故事也無人接續。大家都認真起來了。長女是個深思熟慮的孩子，為了補救么弟的失誤，雖然想笑還是憋住，沉下心來，平靜地開始敘述。

「正如剛才所述，這位老博士，擁有非常高遠的志向。高遠的志向，總是伴隨逆境。這似乎已是絕對正確的定理。老博士也同樣不見容於社會，附近居民都說他是怪胎、奇人。但他終究會寂寞，今晚他也獨自拿著手杖去新宿散步。這是發生在夏天的故事。新宿街頭擠滿人潮。博士穿著皺巴巴的浴衣，腰帶高高地綁在胸口，並任由腰帶打的結長長地垂在身後，就像老鼠尾巴，頗有一種令人同情的風采。而且博士很會流汗，可今晚卻忘記帶手帕出來，因此更悲慘。起初他用手掌抹去臉上的汗水，但是汗流得太多根本來不及擦。汗水簡直像瀑布一樣從額頭紛紛滑落，一條沿著鼻梁，一條沿著太陽穴，嘩啦嘩啦彷彿替自己洗了把臉，汗水最後沿著下顎滑進胸口，那種感覺之噁心，就像把一整壺茶油當頭澆下，老博士這下子也沒轍了。最後他只好拿浴衣的袖子迅速抹去臉上的汗，走了幾步路後，又趁著無人發現時迅速舉袖抹汗，最後兩隻袖子就像被午後雷陣雨襲擊過，已經溼淋淋了。博士本來就是不拘小節的人，但他對這麼大量的汗水也感到棘手，最後只好逃進一家啤酒屋。進了啤酒屋，博士吹著電扇溫吞的熱風，總算稍微收乾了身上的汗水。啤酒屋的收音機，這時正在大聲播放時局演說。他迅即豎耳傾聽、略作思考後，總覺得這聲音很耳熟。他猜想，該不會是那傢伙？果然，演說結束時，主播提到了那傢伙的名字，後面還附帶『閣下』這個尊稱。老博士很想洗洗耳朵。因為所謂的『那傢伙』，是博士高中及大學的老同學，不過此人很會鑽營，如今已在文部省當了大官。有時博士和那傢伙在同學會碰上，那傢伙總是嘲笑博士是無用書生，而且還頻頻講些很不會看場合、粗鄙、毫不得體又陳腐老套的冷笑話。他的跟班們也是，明明不好笑還拼命拍手，對那傢伙的每句話都捧場地大笑。有一次博士忍無可忍憤然踹桌離席，但他沒注意到當時有一顆橘子從桌上滾落地上，橘子因此被他一腳踩得稀爛，驚訝之下博士不禁發出窮酸的驚呼，結果滿座捧腹絕倒。博士本來充滿正義的憤怒，卻落得悲慘的下場。不過博士並未灰心。他打算有一天一定要好好教訓那傢伙。現在在收音機聽到那傢伙噁心的沙啞嗓音，令博士很不愉快。他咕嚕咕嚕地猛灌啤酒。博士本來酒量就不好。這下子立刻酩酊大醉。路口賣幸運籤的女孩，這時走進啤酒屋。博士一臉慈祥地小聲喊女孩：『過來，過來！』然後說，『妳多大年紀了？十三啊。這樣。如此說來，再過五年，不，四年，不，只要三年，就可以出嫁了。我問妳，十三加三是多少？啊？』如是云云，數學博士一旦喝醉了，也會變得有點討人厭。他纏著女孩逗弄得太過分，因此最後，博士不得不買下女孩賣的幸運籤。博士本來不信這種東西。然而今晚，多少也是受到剛才那廣播的影響，讓他有點軟弱，因此忽然想用那紙籤測試一下自己的研究與將來的命運。人的生活一旦快出現破綻，總是會忍不住寄託在某些預言上。這是很可悲的。女孩賣的幸運籤，屬於火烤式。博士點燃火柴，慢慢加熱紙籤，醉眼猛然瞪大注視紙籤，起先，紙面好像隱約浮現什麼圖案，漸漸的，越來越明確，最後紙上出現古典字體的日文平假名。他定睛一看。

博士莞爾一笑。不，豈止是莞爾。像博士這樣的人物，居然發出嘿嘿嘿的下流笑聲，他伸長脖子環視四周的醉客，但醉客們懶得搭理他。不過博士完全不介意，對著每一個醉客，『哈哈哈，稱心如意，嘿嘿嘿，不好意思，呵呵呵！』他精神百倍地笑出複雜的笑聲，到處和大家打招呼，如今他已完全恢復自信，悠然走出那家啤酒屋。

外面人潮絡繹不絕很擁擠。人們挨挨擠擠，都一樣滿身大汗，卻還是裝作若無其事地傲然步行。即使走在路上，也沒什麼明確目的，不過，大家因為日常生活太單調，難免暗自抱著一絲期待，就這樣故作坦然地走在夜晚的新宿街頭。即使在新宿街頭徘徊許久也不會碰上好事。這是肯定的。不過，幸福，就算只是抱著一絲期待，畢竟還是幸福。當今這社會，如果不這麼想還真過不下去。老博士被啤酒屋的旋轉門一下子擠出，推得他腳步踉蹌。加入都市寂寥的旅雁隊伍的老博士，頓時被人推擠，泅泳般與雁群一同不由自主地前進。不過，今晚的老博士，在新宿的雜沓人潮中，想必是最有自信的人物。抓住幸福的機率也最大。博士不時想起這點，欣喜地嘻嘻竊笑，然後又一個人暗自點頭，理直氣壯地挑眉、挺直腰桿，像個不良少年似的，試著吹起拙劣的口哨邁步前行，突然有學生撞到博士。不過，那是理所當然。這麼擁擠的人潮，撞到人是當然的。沒啥稀奇。學生也沒理會就逕自走遠了。過了一會，又有一位美麗的小姐撞到博士。不過，這也是理所當然。如此混雜，撞到是當然的。沒啥大不了。小姐也逕自走遠了。幸福，依然在遠方。而變化，已從背後來臨。突然有人輕拍博士的背脊。這次，是真的。」

長女垂下眼簾，敘述至此，然後慌忙摘下眼鏡，開始拿手帕仔細擦拭鏡片。這是長女覺得有點害羞時必然會做的習慣動作。

次子接棒。

「我實在不太會描寫——不，也不是不會，只是今天有點懶得麻煩。我就簡潔地長話短說吧。」他很自大。「博士轉身一看，眼前站著一個年近四十的胖夫人，抱著一隻臉孔非常奇妙的小狗。」

二人進行了以下的對話。

——幸福嗎？

——對，很幸福。自從妳走後，一切都很好，一切，換言之，都稱心如意。

——呸！是又討了個年輕的小嬌妻吧？

——不行嗎？

——對，當然不行。你不是答應過我嗎，只要我肯放棄養狗，隨時都可以回到你身邊。

——問題是妳並未放棄。怎麼，這次養的狗又這麼難看啊。這隻實在太醜了。牠看起來像是吃蠶蛹維生。很像妖怪。天啊，我快吐了。

——你犯不著故意臉色蒼白給我看。瞧，普羅，這人在講你的壞話喔。快對他大吼。對他汪汪叫兩聲。

——打住，打住。妳還是一樣這麼討人厭。跟妳說話，我總是背脊發涼。普羅？這算哪門子專業（professional）。妳就不能給狗取個正常一點的名字嗎？真無知。受不了。

——有什麼不好。是教授（professor）的那個普羅啦。這是因為我太思念你啊。你都不覺得心疼嗎？

——受不了。

——哎喲哎喲。你果然又流了這麼多汗。哎呀，怎麼拿袖子擦，真難看。你沒帶手帕嗎？看來你這次的妻子不太細心呢。夏天出門時，一定要準備三條手帕和扇子，我以前可是一次都沒忘記。

——神聖的家庭不容旁人挑毛病。這樣很不愉快。

——真是失敬。拿去，這條手帕給你。

——謝謝。算我借用。

——你現在完全把我當外人啊。

——一旦離婚，就是外人。這條手帕，果然有昔日的，不，是狗的味道。

——你用不著死鴨子嘴硬。其實你還是會想起我？對不對？

——別說無聊的廢話。真是不檢點的女人。

——哎喲，不檢點的是誰啊？對著這次的妻子，你仍像孩子一樣撒嬌？省省吧。一把年紀了，那樣多難看。會惹人厭喔。早上還躺著叫人家幫你穿襪子。

——請妳不要對旁人的神聖家庭說三道四，我會很困擾。我現在很幸福。一切都美滿如意。

——你早上還是喝湯？加一個蛋？還是兩個？

——兩個。有時三個。一切都比妳在時更豐盛。我現在想想，像妳這麼嘮叨的女人，世上好像還真不多見。妳以前為什麼要那樣痛罵我？我待在家裡就像寄人籬下。想吃第三碗飯都得偷偷來。我是說真的。那時候，我正在從事非常重大的研究。可妳一點也不了解。只顧著嘮叨我的背心鈕扣又怎樣了、菸蒂又怎樣了，從早到晚凶巴巴地抱怨那些，害我什麼研究都毀了。和妳離婚後，我立刻把背心上的鈕扣全部扯下來，把菸蒂隨手都扔進咖啡杯。那樣很愉快。實在痛快。我甚至一個人笑到眼淚都出來了。我越想，就越覺得被妳折磨得太慘了。事後越想越生氣。到現在，我還是很生氣。妳是個根本不懂得安慰別人的女人。

——對不起。那時我太年輕了。請你原諒。如今，我已經明白了。小狗其實並非問題關鍵吧。

——妳又哭了。妳每次總是用這招。可惜已經無效了。因為我現在事事稱心如意。要不要找個地方坐下喝杯茶？

——不行。我現在真的明白了。你和我，已是陌路人。不，從以前就是陌路人。我們的心靈世界，相隔千萬里遠。就算在一起，也只會讓彼此不幸。我現在只想和你了斷得乾乾淨淨。我啊，馬上就要擁有神聖的家庭了。

——這次會幸福嗎？

——絕對沒問題。對方是個技工。技工長。要是沒有他，據說工廠的機器就動不了。他給人的感覺就像一座大山，非常可靠。

——和我不一樣吧。

——對，他沒有學問。從來不做什麼研究。但是他的手藝相當好。

——看來妳應該會幸福。再見。手帕我先借用一下。

——再見。啊，你的腰帶快掉嘍。我幫你重新綁好吧？真是的，你永遠都要靠人家照顧……替我問候你的妻子。

——嗯。有機會的話。

次子說到這裡，噤口不語，然後忽然自嘲一笑。以二十四歲的年紀而言，想法算是很成熟了。

「我已經知道結局了。」次女一臉了然，接棒講故事。「那肯定是這樣的。博士與那位夫人道別後，午後雷陣雨沛然而下。難怪之前天氣這麼悶熱。散步的人們彷彿小蜘蛛四散奔逃似地一哄而散，不知消失到哪去了，就像鬧鬼，明明剛才還有那麼多人，須臾之間，巷道冷清，新宿的路上，只有綿密雨點白花花地噴濺。博士躲在花店的簷下，縮起肩膀避雨。不時取出之前那條手帕，看一眼，又慌忙塞回懷中。他忽然決定買花。如果帶回去送給在家等候的妻子，妻子一定會很高興。說到買花，這還是博士有生以來頭一遭。今晚，他有點不正常。收音機，幸運籤，前妻，小狗，手帕，發生了很多事。博士下定決心走進花店，卻東張西望不知所措，急得滿頭大汗，不過，他還是買了三支大朵的玫瑰花。花價非常昂貴，把他嚇了一跳。他逃命似地衝出花店，攔下計程車，直接打道回府。博士位於郊外的家燈火通明。那是快樂的家，永遠溫馨地撫慰博士，一切，都很美滿。他一走進玄關，就大聲說：

——我回來了！

精神非常抖擻。家中鴉雀無聲。但博士不管這麼多，拿著花束就大步走進屋內，進了後方的三坪書房。

——我回來了。碰上大雨，真是傷腦筋。妳瞧這是什麼？是玫瑰花。據說一切都會稱心如意。

他對著桌上放的照片滔滔不絕。是剛剛才徹底了斷的那位夫人的照片。不，是比現在年輕十歲時的照片。相中人正美麗地嫣然微笑。」

大致，就是這樣吧——彷彿要這麼強調，自戀狂再次做作地伸出食指抵著臉頰，冷然眺望滿座。

「嗯。大抵上，」大哥端起架子，「這種程度，還算過得去。不過——」大哥必須保住身為大哥的威嚴。大哥相較於弟妹們，幻想力並不豐富。講起故事非常拙劣。欠缺才華。也因此，毫不意外地遭到弟妹們小看。他每次總是要在最後畫蛇添足地補上一句。「不過，很可惜，你們漏掉了一個重點。那就是關於博士的容貌。」原來根本不是什麼大事。「在故事裡，容貌很重要。透過描述容貌，可以讓主角變得有血有肉，也可以讓聽眾聯想到近親之中的某人，對故事整體產生親切感，而不會認為事不關己。照我想來，那位老博士身高一百五十八公分，體重不足五十公斤，是非常瘦小的男人。至於容貌，高額頭很寬闊，眉毛稀薄，鼻子小，嘴巴大，眉間有皺紋，滿臉白鬍子，戴著銀框老花眼鏡，而且必定是圓臉。」說穿了不值一提，這正是大哥尊敬的易卜生老師的長相。大哥的想像力，就是這麼貧乏。果然還是畫蛇添足。

這下子故事結束了，但是一結束，他們又感到更加無聊。小小的興奮過後，總會有倦怠、荒涼、惆悵之感。兄妹五人，只要有誰開口說出一句話，彷彿就會立刻展開一場大亂鬥。險惡尷尬的氣氛，令眾人不知所措。

唯有母親獨自坐在一旁，對於兄妹五人各自流露性情的敘述，始終保持微笑，聽得很是陶醉歡喜。這時，母親悄然起身拉開紙門，臉色倏然一變。

「奇怪，家門口怎麼站著一個穿大禮服的老先生。」

兄妹五人大吃一驚紛紛跳起。

母親一個人笑彎了腰。

黃金風景

海岸邊有翠綠櫟樹，

櫟樹上繫有黃金細鍊。——普希金

我小時候性子不太好，會欺負女傭。我討厭遲鈍，因此，我尤其愛欺負遲鈍的女傭。阿慶就是個遲鈍的女傭。即使只是叫她削蘋果皮，也不知她削皮時在想什麼，一而再再而三地停手，如果不惡狠狠地喊她，她就會一手拿著蘋果一手持刀，就這樣沒完沒了地發呆。我懷疑她該不會智力不足吧。我經常看見她什麼也沒做，只是礙眼地杵在廚房裡，縱使我年紀還小，也覺得她那樣有點丟人，不禁異樣惱火，對她說出「喂，阿慶，日頭短暫喔」這種老氣橫秋，如今想來不禁背脊發冷的刻薄言詞，這樣還不夠，有一次我乾脆把阿慶叫來，命令她把我繪本上閱兵儀式的幾百名士兵（他們有的騎馬，有的握旗子，也有人扛槍）一一拿剪刀剪下來。笨拙的阿慶，從早上剪到傍晚，連午飯都沒來得及吃，好不容易才剪了三十個士兵。但她把將軍的一邊鬍子剪掉了，持槍士兵的手也被她剪得像熊掌一樣大得嚇人，而頻頻被我臭罵。當時正是夏天，阿慶很容易流汗，所以剪下的士兵都被她的手汗弄得溼答答，最後我終於大發雷霆，抬腳去踹她。我明明踹的是肩膀，可阿慶摀住右臉頰，猛然趴倒在地上哀哀痛哭。「就連父母都沒有踩過我的臉。我會一輩子記住。」她用憤恨的語氣斷斷續續地說著，我聽了，非常不舒服。除了這個例子外，我也經常將折磨阿慶視作彷如天職。至今，我多少仍有這種毛病，總之我就是無法忍受無知愚鈍的人。

前年，我被家裡趕出來，一夕之間窮途潦倒，徘徊巷弄，到處哭訴，過著有一天算一天的生活，就在我開始覺得自己好歹可以憑著文筆自食其力時，不幸又病倒了。仰賴諸人的好意，在千葉縣船橋町的泥海附近某個小屋借住了一個夏天，得以自炊療養。每個夜晚，總是與幾乎可以讓睡衣擠出水的盜汗對抗，即使如此還是得工作。唯有每天早上的一杯冰牛奶，唯有那個，讓我感受到奇妙的生存喜悅。我的頭已痛得疲乏，甚至看到院子角落的夾竹桃開花時，也只覺得彷彿烈焰熊熊燃燒。

就在這時，一名年近四十、身材瘦小的警察來查戶口，站在玄關盯著我在名冊上登記的名字，然後仔細和我滿面鬍渣的臉孔比對，最後說，咦，您不是……家的少爺嗎？警察說話帶有濃厚的鄉音。

「是的。」我大剌剌回答。「你哪位？」

警察乾瘦的臉上艱難地擠出滿面笑容。

「嗨。果然是您啊。您或許忘了，算來已是將近二十年前，我在K開過馬車行。」

K是我從小生長的村子名稱。

「如你所見。」我板著臉回答。「我現在也落魄了。」

「沒那回事。」警察依然笑得開心，「聽說您在寫小說，那可是相當風光。」

我只能報以苦笑。

「對了，」警察略微壓低嗓門，「阿慶經常提到您呢。」

「阿、慶？」我一時之間無法理解。

「就是阿慶呀。您忘了吧。以前在府上做過女傭——」

我想起來了。啊啊，我不禁呻吟，蹲在玄關門口的台階，垂著頭的阿慶……逐一回想起二十年前我對一名遲鈍女傭所做的種種惡行，幾乎令我坐立難安。

「她過得幸福嗎？」我記得當我忽然抬起頭提出這種唐突問題時，臉上的確浮現出罪人、被告、卑屈的笑容。

「對，顯然應該是。」警察一臉坦然，樂呵呵地回答。他拿手帕抹去額頭的汗水後說，「您不介意吧。下次我把她帶來，讓她好好跟您請安。」

我嚇得幾乎跳起來。不用了，千萬不必！我強烈拒絕，有種難以形容的屈辱感令我鬱悶。

然而警察的態度很開朗。

「咱家孩子啊，我告訴您，就在這裡的車站工作喔，那是長子。然後接著是兒子，女兒，女兒，老么才八歲，今年也已經上小學了。總算可以鬆口氣。阿慶這些年也吃了不少苦。該怎麼說，她畢竟曾在您府上那種大戶人家學過規矩，果然就是和一般人有點不同。」他說著有點臉紅地笑了，「托您的福。阿慶也經常提起您。下次公休時，我肯定讓她一起過來拜見您。」他忽然一本正經，「那麼，今天我就先告辭了。請多保重。」

之後又過了三天，寫作倒還好，我更苦惱的是錢的問題，在屋裡實在坐不住，乾脆拿著竹杖去海邊吧！喀拉喀拉一拉開玄關門，赫然發現門外站著三人。穿浴衣的父母和穿紅色洋裝的小女孩，三人如詩如畫般美好地站成一排。正是阿慶一家人。

我爆發出自己都感到意外的巨大吼聲。

「你們來了?今天我正好有事必須出門。很抱歉,請改日再來。」

阿慶已成為優雅的中年婦人。八歲的小女孩,長得和女傭時代的阿慶很像,有點遲鈍的混濁眼眸懵懂仰望我。我很悲傷,趁著阿慶還沒開口,我逃命似地衝向海灘。我揮舞竹杖,拼命剷除海邊的雜草,一次也沒回頭,一步接一步,像鬧彆扭似地重重踱步,不管三七二十一地沿著海岸筆直走向鎮上。我在鎮上做了什麼?只是毫無意義地仰望戲院的看板,凝視和服布料店的櫥窗,不停啐舌,心中一隅卻不斷傳來輸了、輸了的囁嚅聲,這可不行!我劇烈搖晃身體,繼續邁步前行,大概這樣逛了三十分鐘左右,我再次回到住處。

來到海岸邊,我倏然駐足。看哪,前方是和諧的全家福。阿慶一家三口,正悠哉地朝大海丟石子笑鬧。連我這邊都聽得見笑聲。

「不簡單,」警察用力扔出石子,「看起來挺聰明的。那位少爺,很快就會飛黃騰達喔。」

「那當然,那當然。」是阿慶驕傲的高亢嗓音。「那位少爺,從小就與眾不同。對下人也特別親切,特別關照我。」

我站著就這麼哭了。憤怒緊繃的亢奮，在淚水中，舒坦地徹底消融。

我輸了。這是好事。非得這樣不可。他們的勝利，也為我明日的出發，帶來光明。

饗宴夫人

夫人本就喜歡宴客請人吃飯。不，不對，以夫人的情況，與其說她喜歡客人，毋寧是害怕客人。每次聽到玄關門鈴響，都是我先去應門，然後再回到夫人的房間稟報訪客姓名，夫人這時已宛如聽到老鷹拍翅聲，而正欲倉皇逃命的小鳥，露出異樣緊張的神色。只見她撩起碎髮、整理衣襟、半弓起腰，來不及把我的話聽完就起身小跑步奔向走廊，到了玄關，頓時發出似哭似笑、宛如笛音的奇妙聲音迎接客人。她眼神就像精神錯亂的人般渙散，在客廳和廚房之間跑來跑去，一下子打翻鍋子一下子砸碎盤子，對我這個女傭頻頻說對不起、對不起，等到客人離開後，她又一個人癱軟地歪坐在客廳發呆，也不收拾善後也不做別的事，偶爾，甚至還眼泛淚光。

這家的主人，本來在本鄉的大學當老師，老家據說很有錢，夫人的娘家也是福島縣的富農，大概也是因為沒生孩子，夫妻倆就像小孩一樣不知民間疾苦，日子過得很悠哉。我來這個家幫傭，還是四年前正在打仗時，之後過了半年，主人身為第二國民後備兵，明明身體孱弱，卻突然接到召集令，不幸立刻被派往南洋島嶼，雖然戰爭很快就結束了，主人卻依然下落不明。當時的部隊長還寫了一張簡單的明信片給夫人，暗示夫人或許該趁早死心，之後夫人接待訪客時便益發瘋狂，簡直可憐得令人看不下去。

不過，在那位笹島老師現身這個家之前，夫人的交際，仍只限於夫家的親戚或娘家的親人。主人去了南洋島嶼後，在生活方面，夫人的娘家依舊送來充足的生活費，因此算是過得輕鬆自在又安靜，甚至堪稱優雅。可是自從那位笹島老師出現後，一切變得亂七八糟。

此地雖位於東京郊外，但距離都心僅咫尺之遙，且僥倖避開了戰火，因此於東京都心逃離空襲的難民如洪水般紛紛湧入這一帶，即使走在商店街，路上行人好像也全部變了樣。

記得是去年年底吧，夫人聲稱是闊別十年云云，在市場遇見主人的朋友笹島老師，把他帶回家來，從此厄運纏身。

笹島老師和主人一樣年約四十前後，據說和主人同樣是本鄉那所大學的老師，不過，主人學的是文學，笹島老師是醫學，據說中學時代就是同學。之後，主人在建造這棟房子前與夫人暫住駒込的公寓，當時，未婚的笹島先生也住在同一棟公寓，因此雖然時間不長，雙方來往也頗為密切。主人搬至此地後，許是因為彼此研究的學術領域終究不同，兩家再也沒有互動，就此斷了來往，從此匆匆過了十幾年，直到他偶然在本地市場發現夫人，主動出聲招呼。被對方叫住後，夫人本來也只需寒暄兩句即可，真的不用搭理那種人，可她天生的宴客癖又發作了，明明不想挽留對方，卻說出「我家就在這附近，請到寒舍坐一下，別客氣」，正因為懼怕客人反而拼命挽留對方，於是笹島老師就穿著斗篷式大衣拎著菜籃，以這副怪異的打扮來到家中。

「哇，這房子挺不錯的嘛。能夠躲開戰火，可見運氣不錯。沒有人一起住嗎？那未免太奢侈了。唉，不過，一屋子都是女人，而且打掃得這麼乾淨，反而讓人不敢開口懇求同住。因為就算住進來了八成也會不自在。不過，我沒想到夫人就住在這麼近的地方。之前聽說府上在M鎮，可是人就是這麼笨，我流落此地都已經快一年了，完全沒注意到這裡的路牌。我經常路過這棟房子，去市場買東西時一定會經過這條路。唉，這次的戰爭，我也倒了大楣。一結婚就立刻被召集入伍，好不容易回來時，房子已被燒個精光，妻子也和我出征時生下的兒子一起去千葉縣的娘家避難，就算我想叫他們母子回東京也無處可住。這種現狀下，我只好在前面那家雜貨店租借後方的一坪多房間自己開伙。今晚我本來想煮個雞肉火鍋好好暢食一番，所以拎著菜籃在菜市場轉來轉去，到這種地步，已經有點自暴自棄了。自己都不知道究竟是活著還是死了。」

他盤腿坐在客廳，一直在講他自己的事。

「真不幸。」

夫人說，那種害怕之下過度反彈的宴客癖早已發作，眼神大變地小跑步衝進廚房來。

「阿梅，不好意思。」

她向我道歉，並叫我準備雞肉火鍋和酒，之後扭身奔向客廳，隨即又跑來廚房，一下子要生火一下子要拿茶具，雖然說著跟以往一樣的話，但她那種興奮、緊張與慌亂的程度，已經不只是讓人同情，甚至令人有些煩躁了。

笹島老師也很厚臉皮。

「哎呀，吃雞肉火鍋啊，不好意思，夫人，我吃雞肉火鍋一定會放蒟蒻絲，麻煩妳了，如果順便有烤豆腐的話更好。只放大蔥太單調了。」

他大聲說著，夫人話都沒聽完就又急忙跌跌撞撞地跑來廚房。

「阿梅，不好意思。」

她像在害羞又像在哭泣地露出嬰兒的無辜表情懇求我。

笹島老師說用小酒杯喝酒太麻煩，直接拿玻璃杯大口猛灌，結果喝醉了。

「這樣啊，妳先生生死不明啊，唉，那十之八九是已經戰死了，沒辦法。夫人，不幸的不只是妳一人。」

他就用這麼幾句話簡單打發。

「妳看看我，夫人。」

然後他又開始講自己的事。

「沒地方住，和心愛的妻子分居兩地，家具燒光了，衣服燒光了，被子燒光了，蚊帳燒光了，現在什麼也不剩。我啊，夫人，在租借那家雜貨店後面的小房間之前，就睡在大學醫院的走廊上呢。醫生居然過著比病人還悲慘數倍的生活。我那時真恨不得去當病人算了。唉，實在沒意思。太窩囊了。夫人，像妳這樣，已經算很好了。」

「是啊，沒錯。」

夫人急忙附和。

「我也這麼覺得。我真的覺得和大家比起來我已經很幸福了。」

「就是嘛，就是嘛。下次我帶我朋友來，大家都是不幸的可憐人，所以不得不拜託妳多多照顧。」

夫人發出愉快的呵呵笑聲。

「那是當然。」她說，然後不勝感慨，「這是我的榮幸。」

從那天起，我們家就變得亂七八糟。

原來他不是喝醉了隨口開玩笑，是講真的，過了四、五天後，天啊，居然厚著臉皮帶了三個朋友來，還說什麼「今天醫院吃尾牙，今晚要在府上喝第二攤，夫人，從現在起通宵喝個痛快吧，最近正為找不到適合喝第二攤的地方在傷腦筋，喂，各位，來這裡不用客氣，都進來，進來吧，客廳在這邊，外套穿著不用脫，很冷呢……」，簡直像是回到自己家一樣指手畫腳大呼小叫，他的朋友中還有一個女的，似乎是護士，他也不避諱旁人眼光就和那女人公然調情，而且把已經畏畏縮縮、強顏歡笑的夫人當成傭人還是什麼似的使喚。

「夫人，不好意思，這個暖桌生一下火好嗎？還有，麻煩妳像上次那樣準備酒水。如果沒有日本酒，燒酒或威士忌也行，還有，吃的方面嘛，啊對了，今晚我們帶了很棒的伴手禮來，就吃那個吧，是烤鰻魚。天冷時一定要吃這個，一串給夫人，一串我們吃，還有，喂，那個誰，不是有人帶蘋果來嗎？不要捨不得，趕快送給夫人，那叫印度蘋果，是味道特別香的蘋果。」

我端茶去客廳時，只見某人的口袋滾出一顆小蘋果，一路滾到我腳邊才停止，我真想一腳踹飛那顆蘋果。就這麼一顆。居然好意思厚顏無恥地吹牛說那是伴手禮，還有鰻魚也是，後來我一看，不僅薄如紙片而且都快乾掉了，簡直像是鰻魚乾，那種貨色看了都讓人心酸。

那晚，他們鬧到快天亮，夫人也被他們灌酒，好不容易熬到了天亮，這時，他們居然把暖桌圍在中間，一群人橫七豎八地睡在一起，夫人也被硬生生拉去躺在一塊，我想她肯定一直沒睡著，但其他人呼呼大睡直到過了中午才醒。眾人醒來後吃了茶泡飯，大概是醉意已退，果然有點無精打采，尤其是我露骨地表現出氣呼呼的臭臉給他們看，所以他們都把臉撇開不敢看我，之後，他們就像死氣沉沉的死魚臭蝦絡繹離去。

「夫人，您為什麼要和那些人一起打地鋪睡覺。我很討厭那種不規矩的作風。」

「對不起。我不好意思拒絕。」

睡眠不足的夫人疲憊得臉色蒼白，聽到她眼泛淚光這麼說，我也不忍心再說下去。

後來，狼群越來越囂張地來襲，這個家成了笹島老師那群人的宿舍，笹島老師不來時，他的朋友也自己跑來過夜，每次夫人都得陪那些人一起打地鋪，只有夫人徹夜難眠，她本來身體就不好，最後甚至在沒有客人來訪時必須一直臥床休息。

「夫人，您最近很憔悴，還是不要再陪那些客人了吧。」

「對不起。我做不到。大家不都是不幸的可憐人嗎？他們把來我家玩當成唯一的樂趣呀。」

太荒謬了。夫人的財產，如今已寥寥無幾，照這樣下去，再過個半年，恐怕就得賣掉房子了。可她完全沒讓客人發現這種窘況，還有她的身體也是，明明每況愈下，但只要有客人來，她就立刻從被窩跳起來，迅速穿戴整齊，小跑步奔向玄關，當下發出那種似哭似笑、不可思議的歡聲迎接客人。

記得是早春的某晚。屋內同樣有一群醉醺醺的客人，我心想八成又要鬧到天亮，不如我們自家人趕緊趁現在先吃點東西填肚子，於是我建議夫人，我倆就這麼站在廚房吃蒸糕這種代用糧食。夫人向來對客人大方提供山珍海味，可她自己一個人吃飯時，總是拿戰時的代用糧食湊合。

這時，客廳轟然響起醉客下流的笑聲，接著……

「不不不，不對。我看她八成和你有一腿。說到那個大嬸啊，我告訴你……」

這時，聽聲音想必是年輕的今井醫生回答：

居然用醫學專有名詞說出不堪入耳、非常失禮的骯髒話。

「你胡說什麼。我可不是出於愛情才來這裡玩。這裡只是旅館。」

我當下氣得抬起頭。

昏暗的電燈下，默默低頭吃蒸糕的夫人，這時果然已眼泛淚光。我很同情她，

一時甚至說不出話，夫人倒是低頭平靜地說，

「阿梅，不好意思，明天早上請妳燒洗澡水。今井醫生喜歡早上泡澡。」

然而，夫人也只有這一刻才在我面前露出不甘的神色，之後照樣若無其事，對著客人殷勤陪笑，倉皇奔走於客廳與廚房之間。

連我也看得出來她的身體是越來越差了，但夫人面對客人時向來不肯露出絲毫疲色，因此雖然客人都是醫生，卻無人看出夫人的身體不好。

某個安靜的春日早晨，這天早上，幸好一個過夜的客人都沒有，因此我悠哉地在井邊洗衣服，夫人打赤腳搖搖晃晃地走到院子，忽然在棣棠花綻放的圍牆邊蹲下，吐出大量鮮血。我大聲驚呼從水井跑過去，自身後抱著她半拖半扛地把她帶回房間，讓她靜臥後，我忍不住哭著對夫人說，

「就是因為這樣我才討厭客人。弄到這個地步，那些客人可是醫師，如果不能負起責任讓您的身體恢復健康，我可不答應。」

「不行，不能把這種事告訴客人。那樣會讓客人自責，敗壞他們的興致。」

「可您的身體都變成這樣了……夫人，今後您打算怎麼辦？還要勉強爬起繼續

宴客嗎？如果您和他們挨擠著打地鋪時忽然吐血，那可精彩了。」

夫人閉著眼想了一會，

「我要回娘家一趟。阿梅妳留下看家，招待客人住宿。那些人已經沒有地方可以安心休息了。還有，別讓他們知道我生病的事。」

說著，她溫婉微笑。

趁著客人沒上門，我當天就開始打包行李，而且我想我還是先陪夫人回到娘家福島比較好，於是買了二張車票。而到了第三天，夫人精神也好多了，幸好沒客人來，我逃命似地催促夫人，關緊門窗，才剛走出玄關……

我的老天爺啊！

笹島老師大白天就醉醺醺地帶著二個看似護士的年輕女人上門，

「啊，妳這是要上哪去？」

「沒事，不打緊。阿梅，不好意思，麻煩妳去打開客廳的遮雨板。歡迎歡迎，老師，快請進吧。沒關係。」

夫人發出似哭似笑、不可思議的聲音，也對二個年輕女人打招呼，然後又像小白鼠似地開始來回狂奔忙著接待客人，我被差遣出去跑腿，到了市場，打開夫人臨時塞給我權充錢包的旅行手提包準備拿錢時，我發現夫人的車票已被撕成二半，當下大吃一驚，我想這肯定是在玄關碰見笹島老師時，夫人立刻偷偷撕掉的，對夫人深不可測的溫柔體貼感到目瞪口呆的同時，我彷彿也頭一次明白，人類這種生物，擁有迥異於其他動物的某種高貴品行，於是我也從腰帶取出我的車票，悄悄撕成二半，繼續在市場四處物色，打算買點好吃的帶回去。

女生徒

作　　者　太宰治
譯　　者　劉子倩
主　　編　呂佳昀

總 編 輯　李映慧
執 行 長　陳旭華（steve@bookrep.com.tw）

社　　長　郭重興
發 行 人　曾大福
出　　版　大牌出版 / 遠足文化事業股份有限公司
發　　行　遠足文化事業股份有限公司
地　　址　23141 新北市新店區民權路 108-2 號 9 樓
電　　話　+886-2-2218-1417
傳　　真　+886-2-8667-1851

封面設計　朱疋
排　　版　新鑫電腦排版工作室
印　　製　成陽印刷股份有限公司
法律顧問　華洋法律事務所 蘇文生律師

定　　價　350 元
初　　版　2018 年 2 月
二　　版　2020 年 4 月

國家圖書館出版品預行編目資料

女生徒 / 太宰治 作 ; 劉子倩 譯 . -- 二版 . -- 新北市 :
大牌出版 : 遠足文化發行 , 2020.04
272 面 ; 14.8×21 公分

ISBN 978-986-5511-10-4（平裝）

861.57　　109002282